Christoph Rothenberg

# Die  des Karl-Heinz Baum

## oder

## Von dem Ende eines Lebens und der Freiheit des Diskurses

© 2018
Herstellung und Verlag:
BoD- Books on Demand, Norderstedt
ISBN: 978-3-7481-1016-3

Bibliografische Information der Deutschen Nationalbibliothek
Die Deutsche Nationalbibliothek verzeichnet diese Publikation in
der Deutschen Nationalbibliografie; detaillierte bibliografische
Daten sind im Internet über http://dnb.d-nb.de abrufbar.

Personen und Handlungen dieser Erzählung sind frei erfunden. Sollten sich bei der Schilderung der Ereignisse gewisse Personen, Medien oder Konsumenten angesprochen fühlen, so werden sie dies sicherlich ignorieren.

»Der Spruch *Wenn Worte töten könnten* ist längst aus dem Irrealis in den Indikativ geholt worden: Worte können töten und es ist einzig und allein eine Gewissensfrage, ob man die Sprache in Bereiche entgleiten läßt, wo sie mörderisch wird.«

Heinrich Böll

# Anfang

Karl-Heinz Baums Tod war ein profanes Ereignis: Ein 6,1 Gramm schweres Sinter-Eisen-Projektil durchschlug mit einer Geschwindigkeit von circa 483 Metern pro Sekunde und einer Geschossenergie von 650 Joule zunächst den Schädelknochen und den Liquor cerebrospinalis, bevor es auf seinem Weg das Hirn durchquerte und dabei zum sofortigen Exitus führte. Ein medizinisch und auch sonst durch und durch trivialer Vorgang.

Hier wird um Nachsicht gebeten, dass der Berichtende die normalen Gepflogenheiten kurz hintanstellt und sich direkt mit der offensichtlichen Frage an die Leserin / den Leser wendet: Warum weiterlesen? Am Ende muss man sich noch Fragen stellen und Gedanken machen. Lesen und Gedanken machen ist, wenn überhaupt, ja wohl total 20. Jahrhundert. Heute gibt es schließlich allein bei youtube 66.920 Katzenvideos, die man gucken könnte, wenn man mal Zeit hätte.

Ein alter Mann ist tot. Na und? Er hat sich doch selbst getötet, oder etwa nicht? Seine freie Entscheidung. Was können wir dafür? Warum sollte uns das kümmern? Nur einer mehr von mehreren Hundert Toden im Jahr durch Schusswaffen in Deutschland. Einer mehr, was macht das schon? Wenn es wenigstens ein paar aufregende, coole Details gäbe. Wenigstens was mit irgendeinem Celebrity, einem It-Girl oder so, da könnte man dann schon … Aber so? Langweiliger alter Mann ist tot. Kein Krimi. Kein Thriller. Ein toter alter Kerl.

Okay, vielleicht waren die Umstände, die ihn in den Tod getrieben haben, etwas unerfreulich. Aber ist das unser Problem? Wir haben doch wohl ganz andere Themen als einen alten Mann; einen ohne Sex-Appeal, ohne Glamour, ohne irgendwas außer einem gänzlich langweiligen Leben und einem trivialen Tod. Es wird doch eh alles immer komplizierter, schneller, intensiver. Und der hat halt nicht mitgehalten bei der Jagd. So what? Soll man sich nun tatsächlich schon um einen einzelnen alten Kerl Gedanken machen? Warum?

Nur weil wir ihn in den Tod getrieben haben? Was können wir denn dafür? War doch seine Entscheidung. Nur weil wir dabei waren und mitgemacht haben? Gedanken machen, nur weil er jetzt tot ist?

Und was heißt schon *Schuld und Verantwortung*? Das waren doch vor allem die anderen: die Linken oder die Rechten oder die Bequemen oder die Presse oder das Internet. Jedenfalls die anderen. Sind die doch immer. Und dann sollen wir uns Gedanken machen?

Und was heißt überhaupt *in den Tod getrieben*? Man muss so was doch mal über jemanden sagen dürfen, schließlich haben wir ja wohl immer noch Meinungsfreiheit – wobei die natürlich auch ihre Grenzen finden muss, das ist ja klar. Vor allem da, wo sie gegen unsere Wahrheit geht.

Warum also wertvolle, knappe Lebenszeit verschwenden mit eventuell unbequemen Antworten auf Fragen, die sich die anderen doch auch nicht stellen? Die anderen, die Coolen, die immer unverdientes, unverschämtes Glück haben. Die tragen doch viel mehr Verantwortung. Sollen die sich doch Gedanken machen.

Aber die stellen sich natürlich keine Fragen. Die posten coole Fotos bei Instagram. Die haben ein geiles Leben. Die sind vorne; nicht weil sie über einen toten alten Kerl nachdenken, sondern weil sie clever sind. Clever und schnell. Da können wir doch nicht hintanstehen. Ist doch eh unfair. Nicht, dass der tot ist. Okay, vielleicht auch. Irgendwie. Aber wirklich unfair ist doch, dass es denen so viel besser geht. Haben die das etwa verdient? Ist das etwa gerecht? Machen die sich etwa Gedanken? Die lesen bestimmt keine Bücher und machen sich sicher keine Gedanken. Die haben alles. Die haben

Hashtags, Facebook, Instagram und alles. Die haben das Leben! Und der Typ ist halt tot. Dumm gelaufen. Ein Einzelfall, nicht mehr. Kann uns doch nicht passieren. Berührt uns nicht. Und die Katzenvideos, die sind echt soooo niedlich! Gucken Sie doch mal bei youtube!

Aber da ist nun mal jener Bericht über einen Vorgang, der insgesamt nur wenige Sekundenbruchteile in Anspruch nahm: den Tod von Karl-Heinz Baum. Ein trivialer Vorgang am Ende einer Kette von nicht minder trivialen Ereignissen. Ereignissen, die zwar großteils in keinerlei beweisbarem Zusammenhang mit dem Tod Karl-Heinz Baums und den Handlungen, die zu ihm führten, stehen, ihm aber doch in ungebrochener Kontinuität vorangegangen sind und daher dem eigentlichen Bericht in Auszügen vorangestellt werden sollen:

Am 10. Januar 1972 fordert ein bekannter Schriftsteller in einer medial durch eine ZEITUNG überreizten Situation allseitiger Verhetzung, ein faires Verfahren für eine 34-jährige ehemalige Journalistin, die dem Land und ihren Eltern den Krieg erklärt hatte. Besagter Schriftsteller und seine Familie werden daraufhin selbst von der ZEITUNG, der er den Spiegel vorgehalten hat, öffentlich gebrandmarkt.

Im Februar 1974 erschießt eine vom Schriftsteller erdachte junge Frau einen Mitarbeiter eben dieser ZEITUNG, nachdem sie durch diese, wie vor und nach ihr der Schriftsteller, an den Pranger öffentlicher Herabsetzung gestellt worden war.

Am 04. Februar 2004 startet eine Gruppe junger Studenten einer US-amerikanischen Universität einen virtuellen Treffpunkt im Internet.

Am 04. Juli 2013 wird der bereits 2012 in der gemütlichen Schweiz zum Wort des Jahres gekürte Begriff *Shitstorm* in den altehrwürdigen Duden aufgenommen.

Am 17. Juli 2017 geht eine Plattform auch im Namen des bekannten Schriftstellers online, die in medial überreizter Situation allseitiger Verhetzung Personen identifizieren und kenntlich machen soll, die den weitgehend anonymen Betreibern und Agenten reinen Wissens als Vertreter unsagbarer Gedanken aufgefallen sein mögen.

Am 27.Oktober 2017 entschuldigt sich eine Würzburger Professorin bei einer von ihr herabgesetzten Studentin; diese nimmt die Entschuldigung an, während eine Gruppe Gegner die, ob der mit der persönlichen Herabsetzung verbundenen unsagbaren und wohl ungedachten Gedanken, die einfache Entschuldigung wegen der Schwere der Gegnerschaft zur eigenen Meinung nicht akzeptiert.

Am 31. Juli 1703 lässt ein anderer Schriftsteller, an den Schadpfahl gestellt, dortselbst eine Ode an den Pranger verteilen und mahnt, den Gaffern ausgesetzt: »... Aber Dreck wirft Dreck ohne Respekt für Wert oder Gesetz ... Doch der ohne Untat vor Deinem Angesicht erscheint, trägt weniger Schande als jene, die ihn dorthin stellten ...« Die Menschen warfen Blumen.

Bei all dem wird deutlich, dass kaum ein Gedanke wirklich neu ist. Und natürlich, dass halt ein alter Mann tot ist. Gedanken und Geschehnisse, so trivial wie das Leben. Warum also weiterlesen und einem alten Mann und einer neuen Zeit gedenken? Aber nur zu, gedenken Sie, doch machen Sie sich bloß keine Gedanken. Lohnt sich nicht!

# 1.

Die nachfolgende Darstellung wäre ein Blog und sollte es sein. Sie kann es aber nicht sein, da sie als Hommage und Bericht im statischen Medium des analogen Buches gebunden ist. So ist sie ein

Bericht dessen, was gewesen sein könnte, und wird in ihrer Nähe zu den handelnden Personen zur Reportage.

Grundlage eines Berichts und einer Reportage war stets die verlässliche Quelle und deren Bewertung und Einbindung in den Rahmen des Festgeschriebenen sowie die Referenz ihres Autors. Quellen konnten gewichtet und gewertet werden; der Berichtende konnte sie bewusst zusammenführen, kanalisieren und Niveauunterschiede ausgleichen. Kurz: Der Berichtende konnte die Quellen beherrschen und bewusst einsetzen, um ein Bild aus ihnen zu formen. Mitunter diente dieses Bild der Bestätigung der mitgebrachten Meinung; idealerweise ergaben die unterschiedlichen Quellen miteinander verbunden und nicht am freien Fluss gehindert, ein Bild, das über die mitgebrachte Meinung hinausging.

## 2.

Diese bewusste Zusammenführung war und ist trotz aller Freiheit statisch, geordnet und bewahrt Distanz zwischen Berichtendem und Aufnehmendem; selbst da, wo sie ihn einbindet. Eine distanzierte Ordnung der Quellen und ihrer gesteuerten Zusammenführung ist und wird Vergangenheit. Wahrnehmung und Wissen haben sich zunehmend von der Quelle gelöst.

Vor gerade einer Generation stammte das Wissen, das unseren Alltag prägte, aus wenigen Quellen, die durch wenige Handelnde geordnet bereitgestellt wurden. Es waren Quellen, deren Niveaus und Untiefen im kulturellen Gedächtnis klar verortet und von den Werten weniger geprägt und vorgegeben waren. Einzelne Verleger und sogar Parteien unterhielten ihre eigenen Verlage als Schwert und Schild der eigenen Überzeugung. Drei bis vier Buchstaben im Titel und der Leser wusste, noch bevor er zum Kiosk ging und eine

Zeitung mit seinen Zigaretten und einer Flasche Bier kaufte, welche Vorurteile er bestätigt finden würde.

Das ist vorbei. Die Quellen sprudeln nicht mehr so wie früher. Stattdessen wachsen das Wissen und die Veränderung heute aus unzähligen Wurzelwerken, aus Rhizomen, plötzlich, zunächst oft ungelenkt und ohne vorgegebene Struktur oder Linie. Mal langsam, fast unmerklich, wie ein sich vorwärts schiebender Gletscher; oft schnell und unberechenbar wie ein Sturm – ein Sturm, der viele trägt und manche dort versenkt, wo er zum Shitstorm wird oder auch – um ein weiteres Bild der Naturgegebenheit zu bemühen – als Schimmel an die Oberfläche bricht, um sich auf Einzelnes zu legen und es zu ersticken. Was der Bewegung im Weg steht, wird dabei abgedrängt, wegeschliffen oder plattgewalzt. Viele nehmen an der Bewegung teil, einige nutzen sie zu ihrem Vorteil und andere werden von ihr zerstört.

Dieser Verlust der Klarheit und Struktur sowie die Beteiligung vieler führen natürlich auch dazu, dass ehemals geordnete Sachverhalte zunehmend komplexer und ungeregelter anmuten. War der Gegner der eigenen Meinung bis vor gar nicht allzu langer Zeit klar verortet und die Möglichkeit zur öffentlichen Gegnerschaft begrenzt, so kann heute jeder, der im Besitz eines Computers oder Smartphones ist, sich beteiligen – und dies weitgehend anonym und aus der vermeintlichen Sicherheit des eigenen Wohnzimmers. Dies führt zu einer Kakofonie der wahrnehmbaren Stimmen.

Es ist diese Entwicklung, die auch die Struktur der nachfolgenden Berichterstattung prägen wird. Statt einer Quelle und einem Berichterstatter, der den Leser auf mehr oder weniger geradem Wege durch die Geschehnisse führt, werden viele Stimmen und Berichte einander gegenübergestellt. Dies macht die Betrachtung wie auch das Verständnis möglicherweise anstrengender. Eine Anstrengung, die aber bewusst vom Leser gefordert werden muss, da sie Ergebnis von Möglichkeiten ist. – Wo es früher die Aufgabe des Betrachtenden war, aus den wenigen Quellen ein Bild zu gewinnen, ist es heute seine Herausforderung, die vielen Quellen auszuhalten. Die Beherrschung von Vielfalt tritt im Leben wie auch im Bericht an die Stelle des Versuchs, aus wenig mehr zu destillieren.

Und noch ein weiterer Punkt soll vorangestellt werden: Während früher die stärkste Ordnung und im Einzelfall die Repression direkt vom Staat und seinen Organen ausging, so tritt dieser Staat zunehmend hinter andere Beteiligte zurück und ist nurmehr ein Beteiligter, wenn auch ein wichtiger, unter vielen. Auch dies prägt den Bericht, macht ihn, wie das Leben, unkontrolliert, bisweilen erratisch, und weicht so vom Weg des vorangegangenen Berichteten ab.

## 3.

Die Tatsachen, die diesem Bericht zugrunde liegen und ihm vorangestellt werden sollen, sind banal:

Am Samstag, den 05. Juli 2014, dem *Christopher Street Day* Köln, kommt in einer Stadt ein älterer Mann von gerade 67 Jahren gegen 22:45 Uhr von einem geselligen Kneipenabend zurück in seine Wohnung. Vier Tage später, nach einer – und man kann es selbst in dieser Zeit beschleunigter Wahrnehmungen nicht anders bezeichnen – dramatischen Entwicklung, am Mittwochabend, nur unwesentlich früher – genauer gesagt gegen 19:04 –, bricht die Polizei die Tür zur besagten Wohnung auf und findet eine männliche Leiche erschossen vor dem hochgefahrenen Computer.

So viel in aller Kürze einer *executive summary*, um die Aufnahmeschwelle des modernen Lesers nicht gleich eingangs über Gebühr zu strapazieren und dennoch genug Stoff zu liefern, um bei jeder Party mit Wissen zu reüssieren.

# 4.

Inwieweit auch Kemal Yadrissi bleibend als ein Opfer der Ereignisse anzusehen ist, bleibt bis dato unentschieden. Zwar sah es zunächst so aus, als werde auch er länger unter dem Makel der erfolgten Bloßstellungen und Anwerfungen leiden müssen, zwischenzeitlich hat sich die öffentliche Aufmerksamkeit an seiner Person aber in eine diffuse Wahrnehmung gewandelt: Statt der Ausgrenzung des *Du bist doch der Typ, der ...* sieht er sich zunehmend mit dem dubiosem Wiedererkennen eines *Sie kommen mir irgendwie bekannt vor; kenne ich Sie vielleicht aus dem Fernsehen?* konfrontiert. Derzeit plant er, diesen unterschwelligen Bekanntheitswert für eine Karriere zu nutzen: *irgendwas im Fernsehen, singen, Dschungelcamp oder so.* Dem zu diesem Zweck bereits engagierten Agenten werden beste Kontakte zu den Produzenten diverser Realityshows attestiert, sodass eine mediale Karriere durchaus möglich scheint.

# 5.

Der Geschäftsführer von *Reality Alternatives Fernsehen*, der sich bereits in der Vergangenheit um den Humor und die Quote besonders in der *scripted reality* verdient gemacht hat, äußerte sich in einer launigen Talkshowrunde begeistert darüber, dass sich die Ereignisse just in der quotenarmen Zeit des Sommerlochs ereignet haben: »Bei den Staatssendern langweilen sich die Altersheime mit Wiederholungen, während bei uns das Leben ungefiltert und sekundenaktuell gezeigt wird. Das lockt selbst den bekifftesten Jecken noch ins mobile Netz, bevor es mit dem One-Night-Stand ab- oder auf die Seiten unserer Sponsoren weitergeht. Marketingrelevante Zielgruppe und Quote sind bei dieser Sache so geil, dass wir schon über Spinoffs oder Fortsetzungen nachdenken.«

# 6.

Gänzlich vorhersehbar verhielten sich Netz und Medien, nachdem der Tod bekannt wurde. Irrsinnige Betroffenheit! Meldungen, Meinungen und Kommentare der Betroffenheitskultur verbreiteten sich ebenso lawinenartig, wie die vorangegangene Flut der Bloßstellungen und Anfeindungen. Die sogenannten *Qualitätsmedien* und ihre Spiegel im Netz überboten sich mit nachlaufender Nachdenklichkeitsrhetorik in derselben Konsequenz, Clickhoffnung und Folgenlosigkeit, wie ihre Wiedergänger vorher.

# 7.

Gänzlich vorhersehbar erscheint die Reaktion dem heutigen Leser aufgrund der Erfahrungen der jungen Vergangenheit. Gänzlich unvorhersehbar hingegen war die technische Entwicklung für den, der am Ursprung dieser Geschichte steht. Auch wenn der Weitsichtigste 40 Jahre vor den heutigen Ereignissen die modernen Medien und ihre Möglichkeiten und Wirkungen nicht vorhersehen konnte, so kannte er doch eine Konstante, die in ihrem Kern unverändert geblieben ist und wohl auch bleiben wird: den Mensch.

Die Reflexe der vorangegangenen Erzählung sind im Kern dieselben, die auch das hier zu berichtende Schicksal bewegt haben. Menschliche Wünsche, Dramen und Unvollkommenheiten sind heute ebenso wie damals die Quelle, aus der sich jede Erzählung und Entwicklung speist. Auch heute gilt der, der versucht zu verstehen, allzu leicht als Sympathisant. Und auch heute wie stets vorher steht dem Diskurs das Gerede gegenüber, dem Argument die sprachliche Verdrehung. Die Mittel und ihre Wirkungen sind nicht anders als sie waren, nur stehen heute statt einem Bild 1000 Bildner im Netzwerk und verdrehen oder beschmutzen sekundenschnell das Argument.

In seinen Mitteln ist das Geschehene tatsächlich anders als es war. In seiner Quelle ist es jedoch unverändert. Die Feinde des Sagbaren bleiben stets dieselben: Gleichgültigkeit und Eigennutz. Die Gleichgültigkeit der Vielen bleibt selbst dann entsetzlich, wenn sie sich sekundenschnell in anonyme Worte kleidet.

Der Mensch bleibt, was er immer war.

Das Menschliche gesehen und gesagt zu haben, ist die große Tat Vorangegangener. Ihnen soll dieser Bericht nicht zuletzt als Hommage dienen.

Die, die andere an den Pranger stellen, oder die, die sich hieran ergötzen und ihren eigenen Schmutz auf andere abladen, werden sich sicher nicht ändern. Denn auch sie bleiben Menschen.

Da Nachahmung die höchste Form der Anerkennung bleibt, ist am folgenden Bericht vieles gleich und manches anders.

# 8.

Die Aufarbeitung der Aktivitäten und Geschehnisse der fraglichen Tage ist aufgrund der schier unbegrenzten Vielzahl von Informationen mühsam, jedenfalls soweit man sich bemühen will, ein möglichst unvoreingenommenes und vollständiges Abbild der Geschehnisse zu geben. Ist man zur hierdurch gebotenen Fleißarbeit jedoch bereit, so ist es, auch nachdem einige Kommentare und Beiträge nachträglich geändert oder gelöscht wurden, unproblematisch, sich zu vergegenwärtigen, was geschah:

Claudia Baum hat ihrem Großvater am Vormittag des 05. Juli 2014 ihr altes iPhone, das sie ihm wenige Tage vorher zum für beide guten Preis von 280 Euro verkauf hatte, vorbeigebracht. Von dem derart eingenommenen Geld wollte sie Opa Karl-Heinz zum Mittagessen einladen, bevor sie für ein verlängertes Wochenende in den Süden fliegen würde – ein Ansinnen, das dieser allerdings mit der Bemerkung, dass sie sicherlich Besseres zu tun hätte, als mit einem alten Knacker den schönen Sommertag zu verbringen, freundlich ablehnte. Zumindest hatte Karl-Heinz Claudia aber versprochen, dass er selbst nicht wieder den ganzen Tag vor dem Computer sitzen, sondern ihn unter Menschen verbringen werde; jedenfalls, sobald er seine persönlichen Einstellungen zwischen Rechner und Smartphone justiert hätte. Auf ihr Drängen hatte Karl-Heinz seiner Enkelin hoch und heilig versprochen – ja, geradezu geschworen –, er werde mal sehen, was in seinen alten Stammkneipen so los sei. Seit er in Rente war, seit fünf oder sechs Jahren, hatte Karl-Heinz sich zunehmend darüber beklagt, dass nichts mehr so sei, wie es mal war, und dass alle seine alten Lieblingsplätze geschlossen seien. Da gab es nun stattdessen, wie er Claudia erzählte, diese Buden, wo Jungs mit Fusselbärten rumhingen, um »mit hübschen jungen Dingern wie dir du weißt schon was zu machen«, dann gab es überall diese Restaurants, mit Schiefertafel statt Speisekarte, *Gruß aus der Küche* statt *Mittagstisch* und *Gin mit Gurke* statt *Kölsch vom Fass*. Selbst die Treffen seiner Gemeinde, zu denen er, als seine Frau noch lebte, ab und an mitgegangen war, mied er seither.

Nachdem Claudia gegangen war, hatte Karl-Heinz, wie sich anhand der Verbindungsdaten leicht rekonstruieren lässt, noch 3 Stunden, 24 Minuten und 17 Sekunden damit verbracht, sich mit dem Telefon und seinen Einstellungen vertraut zu machen, diese zu synchronisieren und verschiedene Anwendungen und Apps auszuprobieren. Seit er vor Jahren gegen die Langeweile und Einsamkeit einen Computer gekauft und an einem Volkshochschulkurs namens *Computer und Internet für Senioren* teilgenommen hatte, war Karl-Heinz fasziniert und begeistert von den Möglichkeiten des Netzes.

Er hatte es zu einem gerade für einen Mann seines Alters und seiner Bildung beeindruckenden Wissensstand gebracht und musste zunehmend seltener Claudia oder seine ehemalige VHS-Lehrerin, Andrea Liebnitz, um Rat und Hilfe bitten. Im Gegenteil stand er verschiedenen Bekannten regelmäßig bei der Lösung von Problemen zur Seite. So gab er auch an diesem Nachmittag seiner langjährigen Bekannten Beate Kluge telefonische Nachhilfe bei der Erstellung eines Dokuments. »Ganz ohne Hintergedanken und ohne Gegenleistung, nicht einmal zum Essen durfte ich ihn als Ausgleich einladen, er war einfach froh, wenn er helfen konnte. So war er halt«, erläuterte Frau Kluge später.

Nachdem Karl-Heinz Frau Kluge wieder einmal nahegelegt hatte, sich doch auch einen Socialmediaaccount einzurichten, um *beim modernen Leben dabei zu sein und nicht zu vergreisen*, und nachdem er selbst mit dem neuen iPhone das erste Selfie seines Lebens gemacht und mit dem Kommentar *Endlich überall und immer erreichbar* auf seiner eigenen Socialmediaseite hochgeladen hatte, wurde er an sein Versprechen erinnert; Claudia hatte, wohl ahnend, dass ihr Großvater sich wieder einmal im Netz verlieren würde, seinen Eintrag kommentiert:

**ClaudiBaum:** Draußen ist das Leben.

*5. Juli 2014 um 15:23*

Um 15:37 Uhr wurde die Internetverbindung über Karl-Heinz' WLAN beendet und gegen 17:30 Uhr betrat er nach Erinnerungen verschiedener anwesender Gäste die Gastwirtschaft *Kemals*, das ehemalige *Kleene Moderschpott* in der Kölner Südstadt. Selbst ohne Auswertung der Bewegungsprotokolle seines Handys war es der Polizei im Nachhinein problemlos möglich, den Tag, an dem die Geschehnisse in Gang gesetzt wurden, zu rekonstruieren.

In der Tat bringen besagte Bewegungsprotokolle keinen nennenswerten Informationsvorsprung für die konkreten Entwicklungen. Lediglich der hierdurch dokumentierte kurze Aufenthalt in einem Geschäft für Erwachsenenunterhaltung ist von einem gewissen Wert, da er im späteren Verlauf für unerwartet zusätzliche Bloßstellung sorgte und so zumindest mittelbare Auswirkungen auf die Geschichte hatte. Weiter darf auch hier die grundlegendste Wahrheit menschlichen Zusammenlebens nicht gänzlich außer Betracht gelassen werden: Sex sells. Und so mag es für eine gewisse Vollständigkeit von Interesse sein, zu erwähnen, dass er hier ausweislich seiner Kredithistorie eine DVD mit jungen Studentinnen und standhaften Handwerkern erwarb.

## 9.

Im *Kemals* angekommen scherzte Karl-Heinz, nach übereinstimmenden Darstellungen verschiedener Anwesender, gut gelaunt mit mehreren, ihm flüchtig bekannten Gästen und spendierte die eine oder andere Runde Raki. Kemal Yadrissi, der Wirt selbst, war bei diesem Besuch nicht anwesend, aber sein Neffe Mesut konnte sich noch gut an den fraglichen Abend erinnern: »Ja, der Karl-Heinz war wirklich gut drauf und lustig.«

## 10.

Was genau sich zutrug, nachdem Karl-Heinz das *Kemals* verlassen hatte, und was ihn dazu bewogen haben mag, sich nach seiner Rückkehr nochmals an den heimischen Computer zu setzen, lässt sich trotz der Menge vorhandener Daten letztlich nur erahnen. Es mag genauso Ausdruck seiner lustigen Stimmung gewesen, wie es der Faszination der neuen Technik geschuldet sein mag. Dieser Antrieb muss selbst der modernen Technik verborgen bleiben, solange sie zwar Telefone abhören und mittels Breitband in fremde Heime schauen, aber vorerst noch keine Gedanken lesen kann.

Festgestellt werden kann jedoch, dass Karl-Heinz, nachdem er gegen 22:00 Uhr das *Kemals* verlassen hatte, seinen Rechner um 22:47 Uhr nochmals hochgefahren und um 22:58 Uhr per Handyupload ein selbsterstelltes Video hochgeladen hat. Auf diesem ist ein etwas derangierter aber offensichtlich zufriedener älterer Herr zu sehen, der Folgendes in die Kamera spricht:

*»Hey Türke, wo warste? Biste jetzt da? Was ein Mist. War kaum ein Reinkommen – die Straßen sind echt vollgestopft mit Schwuppen und Perversen. Horden sag' ich dir. Werden echt immer mehr. Für die Einheimischen bleibt doch bald gar kein Platz mehr. Hier wird Köln ja auch immer mehr zu Istanbul. Alles arabisch. Nicht mal mehr nette Mädels zum Bedienen. Wenn's bald auch kein Kölsch mehr gibt, dann bleibt mir echt nur die Fackel. Bei Adolph hätte es das nicht gegeben. Der dreht sich sicher im Grab rum. Aber bliev halt nix, wie et wor un' jede Jeck anderß.«*

Das ganze Video hat eine Länge von 41,21 Sekunden und war der dritte Beitrag auf einer Seite mit zu diesem Zeitpunkt zwei *Gefällt-mir*-Angaben.

# 11.

Als Karl-Heinz am nächsten Morgen um 10:30 Uhr aufwachte, fühlte er sich, trotz leichtem Kater, gut und vergnügt ob des netten vorangegangenen Abends. Nach dem morgendlichen Duschen und Zähneputzen trank er äußerst entspannt, fast glücklich einen großen Becher Kaffee und aß eine mit Butter und Honig bestrichene Scheibe Weißbrot.

Als Karl-Heinz sich dann um 11:25 Uhr, nachdem er sich gelangweilt durch das sonntagmorgendliche Fernsehprogramm gezappt hatte, wieder hinlegte, um noch ein wenig zu schlafen, hatten bereits acht Personen sein Video geteilt und 17 Nutzer Kommentare auf seiner Seite hinterlassen. Noch war der Sturm nur ein laues Lüftchen, das sich zusammenbraute, letztlich war Karl-Heinz' Leben zu diesem Zeitpunkt jedoch bereits zerstört. Es erscheint daher müßig, sich zu fragen, was gewesen wäre, hätte Karl-Heinz, statt sich hinzulegen, einen kurzen Blick ins Internet geworfen, wie dies sonst seine Art war. Aber tatsächlich hätte auch ein schnelles und beherztes Löschen des Beitrags die weiteren Geschehnisse wohl nicht verhindert, insbesondere, da um 09:47 Uhr der Nutzer *r.trueffelhatz* das Video bereits heruntergeladen und zusammen mit drei weiteren und dem Betreff *»Brauchbar?«* an *Steve Amse Media Productions* gemailt hatte.

## 12.

An dieser Stelle soll kurz ein Blick auf die internen Abläufe der besagten *Steve Amse Media Productions GmbH* geworfen werden, der möglicherweise das Verständnis der Hintergründe und Ursprünge der weiteren Geschehnisse erleichtert:

Zur Vorbereitung der nachmittäglichen Redaktionsrunde für die abendliche Unterhaltungssendung *Alles Amse* schickte die persönliche Assistentin des Moderators der Redaktionsleiterin folgende Nachricht: *Steve will nach dem zweiten Werbeblock noch was Lustiges mit Titten oder Nazis, nicht länger als 52 Sekunden. Haben wir da was?* Die genaue Antwort hierauf bleibt nicht auffind- oder rekonstruierbar. Da das von Karl-Heinz erstellte Video jedoch in der abendlichen Unterhaltungssendung unmittelbar nach dem zweiten

Werbeblock mit dem abschließenden Spot für einen vermeintlich gesunden Kindersnack gesendet wurde, darf davon ausgegangen werden, dass man in der Tat etwas gefunden hatte, das für die gewünschte *Irgendwas-Lustiges-mit-Nazis*-Rubrik geeignet schien. Der wohl alternativ vorgeschlagene Beitrag der Gesangskünste einer sogenannten Nackt-DJane scheiterte hierbei mutmaßlich aufgrund seiner Länge von gut über einer Minute.

## 13.

Doch springen wir an dieser Stelle – wiederum im Versuch, die verfügbare mediale Aufmerksamkeitsspanne nicht über Gebühr zu strapazieren – in gebotener Kürze zur Ausstrahlung des Videos in der abendlichen Sendung *Alles Amse*: Besonders die Aussage *dann bleibt mir nur die Fackel* wurde im weiteren Verlauf der Sendung als sogenannter *Running Gag* noch weitere siebenmal eingespielt.

Karl-Heinz selbst bekam von dieser Entwicklung zunächst nichts mit und wurde erst am folgenden Morgen seines plötzlichen Ruhms gewahr, als ihn ein Kamerateam vom RAF-Frühstückskommando mit laufender Kamera um 05:32 Uhr aus dem Schlaf riss. Auf seine wiederholte Frage »Aber wieso? Was habe ich denn getan? Was wollen Sie von mir?«, blieb der fröhliche Reporter eine Antwort schuldig. Den Versuch, in seine Wohnung einzudringen, konnte Karl-Heinz zwar durch beherztes Türzuschlagen verhindern, sein Bild im verwaschenen Schlafanzug mit wirren Haaren und hilflosem Blick wurde jedoch unter dem Haschtag *#GutenMorgenNaziopa* zum launigen und zahlreich kommentierten Twitter-Beitrag.

Zu diesem Zeitpunkt wies Karl-Heinz' Posting 753 Kommentare auf.

# 14.

Es ist nicht belegbar, kann aber auch nicht ausgeschlossen werden, dass Karl-Heinz nach diesem morgendlichen Überfall die nachfolgenden Entwicklungen zumindest auf seiner Socialmediaseite direkt und unmittelbar mitverfolgt hat. Jedenfalls sprechen die Tatsache, dass der RAF-Reporter Karl-Heinz explizit und mehrfach auf den *Dreck* auf seinem Account angesprochen hat, sowie der Umstand, dass nur zwei Stunden später erste Reaktionen von Karl-Heinz berichtet werden können, dafür, dass dieser sich direkt von der Haustür an seinen Rechner begeben haben dürfte.

Grund und Wahrscheinlichkeit genug, die Struktur der bisherigen Darstellung aufzulösen und einen ersten direkten Blick in das Medium selbst zu wagen:

**Lennie Luxator** ey naziopa, dir haben sie doch wohl ins hirn geschissen
*7. Juli 2014 um 05:34*

> **Claudi Froh** Lasst doch den naziopa, der hat doch alzheimer
> *7. Juli 2014 um 05:34*
> **Bill Gat** Wäre besser, wenn der krebs hätte statt alzheimer. je eher tot je besser
> *7. Juli 2014 um 05:42*
> **D. Düsseldorf** Kölsch macht halt blöd …
> *7. Juli 2014 um 05:52*
> **Heintje Immer** Quatsch, altbier macht blöd und das ist doch ein düsseldorfer v-mann.
> *7. Juli 2014 um 07:55*
> **D. Düsseldorf** nix düsseldorfer. wenn dann ossi. merkste doch gleich wie der rassistisch stereotype bringt.
> *7. Juli 2014 um 08:14*

**Heintje Immer** genau ddr-nazi.

*7. Juli 2014 um 08:20*

**Hans Fallmann** Blödwessis.

*7. Juli 2014 um 08:30*

**D. Düsseldorf** jammerossi sei lieber dankbar dass wir euch aus der pleite gerettet haben.

*7. Juli 2014 um 08:34*

**Heintje Immer** genau heul doch und kauf dir ein paar bananen sachsenaffe..

*7. Juli 2014 um 08:40*

**Hans Fallmann** brandenburger.

*7. Juli 2014 um 08:52*

**Heintje Immer** halbpole klauste fahrräder? Seid doch alles rassisten.

*7. Juli 2014 um 08:55*

**Friedrich Frey** Endlich mal einer, der sich traut was zu sagen.

*7. Juli 2014 um 05:57*

**Lennie Luxator** Guckt euch den spinner an, jetzt ist der wieder im fernsehen. was ein honk

*7. Juli 2014 um 06:04*

**Det von Schleck** naziwichser.

*7. Juli 2014 um 06:07*

    **Alma Jaeger** Der ist doch bloss publicitygeil und hinterher geht er ins dschungelcamp oder den big brother container.

    *7. Juli 2014 um 06:09*

**Knut Knall** Warum sperren die den hier nicht? die fackel sollte man nehmen und dem seine hütte anzünden. drecksau!!!!!!!!

*7. Juli 2014 um 06:08*

**Bernd Bond** Keine titten? öde! nur son alter arsch. Bin dann mal wech.

*7. Juli 2014 um 06:10*

**Didi Soccer** istanbul arabien egal hauptsache afrika naziwichser.

*7. Juli 2014 um 06:14*

**D. Düsseldorfer** ist und bleibt ein naziwichser.

*7. Juli 2014 um 06:18*

**WolfN.** Jode dach, ehr all he. jetzt jilt et: Arsch huh, zäng ussenander, jäje nazis opston. nit wann et zo spät is.

*7. Juli 2014 um 06:23*

> **D. Düsseldorfer** ???? Kannst kein Deutsch, Kölnkanacke?
>
> *7. Juli 2014 um 06:38*

**Friedrich Frey** ist ja klar, kaum traut sich einer was zu sagen, schon ist er nazi.

*7. Juli 2014 um 06:26*

**Maria Schneider-Gunzmann** wer andere menschen anzünden will, der ist ein nazi und gehört weggesperrt und wer andere menschen wegen ihrer sexualität, religion oder herkunft diskriminiert gehört angezeigt. wann werden die nazischweine endlich lernen andere mit respekt und toleranz zu behandeln?

*7. Juli 2014 um 06:34*

> **Andres Blaugold** total! dem sollte mann mal ein molli in die bude werfen. nazidreck bekämpfen. das ist doch kein mensch. drecksau.
>
> *7. Juli 2014 um 07:25*

**G. Keinname** naziwichser. traust dich doch nur anonym. wenn ich dich arschloch erwische.

*7. Juli 2014 um 06:47*

**Jan Unten** Adolf dreht sich im grab um? Geht's noch??? und was machen die scheiss Bullen? falschparker jagen, statt das nazigesocks zu verfolgen.

*7. Juli 2014 um 06:56*

**Tötges** Das ist doch wieder der übliche rechtsterror. nazischwein.

*7. Juli 2014 um 07:08*

**Friedrich Frey** wieder gutmenschenterror von der lügenpresse kaum sagt einer mal was alle denken.

*7. Juli 2014 um 07:12*

> **Maria Schneider-Gunzmann** leuten wie ihnen gefällt so etwas natürlich. aber hier gibt es keine toleranz für euch und wir treten euch entgegen. nie wieder schweigen im land der täter! demokratie ist laut und bunt und gegen euch. wir kämpfen für ein tolerantes land.
>
> *7. Juli 2014 um 07:38*
>
> **Bruno Bock** Linksfrontfotze
>
> *7. Juli 2014 um 07:54*
>
> **GEnsslin** mit solch geschichtsvergessenen Unmenschen kann man nicht sprechen. Die gehören isoliert und weggeschlossen. mit aller härte verfolgen und bestrafen muss man die und ihnen nicht hier noch eine bühne bieten, um ihre kruden theorien auszubreiten. Das ist doch ein fall für den staatsanwalt!!!!!!!!!!!!!!!
>
> *7. Juli 2014 um 07:54*

**Tanja Monn** ins lager gehören solche leute.

*7. Juli 2014 um 07:22*

> **Kurt Locker** welche leute?
>
> *7. Juli 2014 um 07:24*

**M. Azouz** Keinen handbreit unseres landes für nazischweine.

*7. Juli 2014 um 07:28*

> **Gabriel Link** Pack bleibt pack.
>
> *7. Juli 2014 um 07:29*

Man mag sich vorstellen, wie Karl-Heinz, unsanft geweckt und ins Scheinwerferlicht gezogen, in der Stille seiner Wohnung vor dem Computer saß und verfolgte, wie andere aus der Unsichtbarkeit ihrer Leben ihn, der bis zu diesem Zeitpunkt überhaupt kaum je einen Kommentar auf seiner Socialmediaseite erhalten hatte, unter der Wucht ihrer Anwerfungen begruben. Es wird nun für immer unaufgeklärt bleiben müssen, was ihm in diesen Momenten durch den Kopf ging. Einziger Hinweis hierfür bleibt die erste Reaktion, mit der er sich zwei Stunden später diesem Ansturm entgegenstellte:

**K.-H. Baum** Warum schreiben Sie so etwas? Ich habe Ihnen doch gar nichts getan. Ich habe doch auch überhaupt niemandem etwas Böses getan. Wer sind Sie denn überhaupt alle? Warum beleidigen Sie mich so? Lassen Sie mich doch bitte in Ruhe.
*7. Juli 2014 um 07:31*

Die Reaktion auf diese flehentliche Bitte war ebenso prompt wie vorhersehbar. Innerhalb von nur zweieinhalb Stunden nach dieser Bitte erhielt Karl-Heinz 132 Antworten auf seinen Post. Von diesen enthielten nur 14 keine ausdrückliche Beleidigung. Von diesen 14 wiederum enthielten sechs Links auf Seiten mit leicht bzw. gar nicht bekleideten jungen Damen und Herren, fünf sprachen Karl-Heinz Mut zu im *Kampf gegen das Negergesocks bei der Antifa* und drei kamen von Karl-Heinz' Enkelin Claudia.


## 15.

Claudia Baum war es auch, bei der sich wenig später, genau um 09:19 Uhr, ein Mann meldete, um ihr die Möglichkeit zu geben, einmal öffentlich ihre, die wahre, die objektive Sicht auf die Dinge einer großen Öffentlichkeit zugänglich zu machen. Der freundliche Herr am anderen Ende der Leitung (»Der hatte eine echt angenehme Stimme und freundliche Art«, erinnerte Claudia sich später.), der sich als Julius-Erich Streicher (»Gestatten: Streicher – Streicher wie Mahler«) vorstellte, gab an, er wolle eine Richtigstellung auf seinem *bunten Blog* veröffentlichen, um Herrn Baum vor weiteren Anfeindungen zu schützen. Er wolle, da Herr Baum aus verständlichen Gründen nicht ans Telefon gehe, von Claudia, deren Namen er auf ihrer Socialmediaseite und deren Handynummer er im Internet gefunden habe, Näheres erfahren. Die Tatsache, dass Claudia erst kurz vorher von einer ausgelassenen Feierlichkeit in ihr Urlaubsdomizil zurückgekehrt war, dürfte dazu beigetragen haben, dass sie sich, entgegen ihres sonstig eher kritischen Charakters, nicht vorsichtiger zeigte, sondern die Gelegenheit dankbar beim Schopfe ergriff, um für ihren Großvater in die Bresche zu springen. Dies umso mehr, als sie kurz vor dem Anruf einen Blick auf den aktuellen Status von Karl-Heinz' Socialmediaseite geworfen hatte und so verständlicherweise erregt war. So unterließ sie es – wie sie es sonst sicher getan hätte, weil es so naheliegend war – den *bunten Blog* zu suchen und zu betrachten, was sich dahinter verbarg. Immerhin brach sich ihr vorsichtiges Naturell insoweit Bahn, als sie ihren folgenden Bericht über Karl-Heinz' Leben mit ihrem Handy aufzeichnete, sodass er uns im Wortlaut vorliegt:

»Mein Großvater Karl-Hein Baum wurde 1947 in Moorriede im Landkreis K. als jüngstes von vier Kindern geboren. Sein Vater Heinrich August Baum hat sich mit siebenunddreißig Jahren erschossen. Damals war mein Opa sechs Jahre alt. Der Tod seines Vaters hat ihn zeitlebens sehr beschäftigt. Mein Urgroßvater war bereits 1931 in die Hitlerjugend eingetreten und 1934 dann in die NSDAP. Er war ein sehr begabter Pianist und ein glühender Nazi – zumindest, bis sein älterer Bruder 1936 wegen seiner Homosexualität von SA-Männern totgeprügelt wurde. Danach ist er aus der Partei mit großem Krach ausgetreten und hat dadurch ein bereits gewährtes Stipendium am Konservatorium verloren. Er wurde stattdessen als *wehrunwürdig* eingestuft in eine Sonderabteilung der Wehrmacht eingezogen. Nach dem Krieg blieb ihm dann nur die Arbeit als Bergarbeiter. Wie könnte Opa da ein Nazi sein, frage ich Sie! Bitte helfen Sie mir, das allen zu erzählen. Opa ist der liebste und freundlichste Mensch der Welt. Er ist ganz bestimmt kein Nazi.

Nach dem Selbstmord seines Vaters zog Opa mit seiner Mutter und den Geschwistern dann nach Köln, wo er zunächst eine Ausbildung in der Sparkasse begann und anschließend ins Büro eines Wirtschaftsprüfers wechselte. Dort arbeitete er, bis dieser Ende des Jahres 1969 im Zusammenhang mit erheblichen Steuerhinterziehungen, die bei großen Firmen, für die er arbeitete, festgestellt worden waren, verhaftet wurde. Sie mögen sich fragen, warum ich das so ausführlich erzähle, aber das war wohl die glücklichste Zeit in Opas Leben. Damals lernte er auf einer Büroparty am kalten Buffet bei einem Stück Ardennenpastete meine Oma kennen und in dieser Zeit wurde ihr erstes Kind, mein Vater, geboren. Die Arbeit machte Opa Spaß und er verdiente genug, um mit dem Geld und mithilfe eines großzügigen Privatdarlehens besagten Wirtschaftsprüfers eine kleine Wohnung in der Südstadt zu erwerben. Aus Dankbarkeit bewahrte er für seinen netten Chef einen Koffer mit unbekanntem Inhalt auf. Nachdem dieser Chef dann überraschend verhaftet worden war, rief ein Freund von ihm meinen Opa an und bat ihn, den Koffer auszuhändigen. Das tat Opa natürlich, wurde dabei jedoch verhaftet und der Koffer wurde beschlagnahmt. Er enthielt zwar im Wesentlichen nur Kleidung, aber daneben auch 2.000 Mark und 1.500 Franken in bar. Mein Opa, dessen Telefongespräch mit dem Freund seines ehemaligen Chefs wohl abgehört worden war, wurde daraufhin der Beihilfe angeklagt und zu einer Geldstrafe verurteilt, obwohl er doch seinem Chef nur einen Gefallen getan hatte und gar nicht wusste, was im Koffer war. Er ist halt stets hilfsbereit und kann niemandem eine Bitte abschlagen. Und selbst wenn er in den Koffer geguckt hätte; was hätte ihm denn da auffallen sollen? Wenn er gewusst hätte, dass es um etwas Verbotenes geht, hätte er das nie gemacht. Opa ist sehr korrekt und ehrlich, was das betrifft. Als wir zum Beispiel mal vergessen hatten, bei einem unserer Wochendausflüge, als ich klein war, eine Bahnfahrkarte zu kaufen, hat er am nächsten Tag noch nachträglich eine Karte für die gefahrene Strecke gekauft. *Der liebe Gott sieht jede kleine Sünde*, hat er gesagt, obwohl er nicht besonders religiös ist. Auch das alles erzähle ich so ausführlich, damit Sie verstehen, was für ein Mensch mein Großvater wirklich ist. Freunden beizustehen und Menschen zu helfen war für ihn stets selbstverständliche Menschenpflicht, auch wenn es mit persönlichen Opfern verbunden ist. Opa hilft gerne. Er ist wirklich der freundlichste Mensch der Welt.

So hat er zum Beispiel auch Adolph Künnitsch, seinem besten und ältesten Freund, nachdem dieser das *Kleene Moderschpott* eröffnet hatte, jahrelang die Buchhaltung umsonst gemacht. Nichtmal einladen lassen hat er sich, wenn er abends ein Feierabendkölsch getrunken hat. Und nachdem Kemal Yadrissi, nach Onkel Adolphs Tod, die Kneipe übernommen hatte, hat er dem wieder tatkräftig geholfen. Bitte schreiben sie das. Opa war egal, dass Herr Yadrissi aus der Türkei kommt. Im Gegenteil hat er oft gescherzt, das sei doch besser, als ein Preuße. Bitte, bitte schreiben Sie das und dass mein Opa kein Nazi ist. Wie sollte er das auch sein, nachdem die das Leben seines Onkels und seines Vaters und damit seine ganze Kindheit und Jugend zerstört hatten? Opa hat nie einem Menschen ein Unrecht gewollt. Er war stets für alle da. Sie hätten erleben müssen, wie es war mit Opa und Oma, als die noch gelebt hat. Und auch gegen Schwule hat er nie was gesagt. Im Gegenteil war er immer allen gegenüber offen. *Wat däm ein sing Ül eß däm andere sing Naachtijall*, hat er dann gesagt, wenn sich jemand über Homosexuelle aufgeregt hat. Opa ist nicht fremdenfeindlich und hat nichts gegen Homosexuelle. Das ist doch absurd! Genauso gut könnten Sie behaupten, er sei ein Frauenschänder oder Geheimagent der CIA. Das ist alles so unfair und lächerlich!

Und ehe ich es vergesse: Die *Fackel*, von der Opa gesprochen hat, ist sein zweiter Lieblingsladen. Da ist er seit dreißig Jahren Stammgast. Bitte helfen Sie Opa, er hat doch gar nichts gemacht. Er hat doch stets allen geholfen. Fragen Sie doch Kemal, was wirklich gemeint war und wie Opa zum ihm steht. Mein Gott, Kemal hat Opa doch in seine Familie aufgenommen, wie einen Onkel. *Apo-Charly* nennen sie ihn. *Apo* heißt wohl *Onkel*, da sehen Sie doch, wie es wirklich ist! Und Opa hat immer noch gescherzt: *Achtundsechzig waren Leute wie ich für die von der APO Systembüttel und heute bin ich Apo und sie sind das System.*«

An dieser Stelle unterbrach der freundliche Herr Streicher mit der angenehmen Stimme Claudias Redefluss, bedankte sich freundlich und versicherte er, er werde auf seinem Blog dazu aufrufen, Karl-Heinz beizustehen. Claudia solle sich keine Sorgen machen, ihr Opa habe ja jetzt neue Freunde, die dafür sorgen würden die, wie er mehrfach betonte, »reine Wahrheit« zu veröffentlichen.

## 16.

Ausweislich der Verbindungsdaten zu Claudias Handy wurde das Gespräch um 9:28 Uhr beendet. Während Claudia, ob des Gesprächs mit dem netten Herren ein wenig beruhigt, im Anschluss ein Stück Sandkuchen und eine Tasse Tee verzehrte, wurde, wie vom Herrn mit der freundlichen Art und der angenehmen Stimme angekündigt, um 9:29 Uhr auf dem Blog der *Bewegung Unabhängig Nationaler Teutschen Erbes* – *bunte* der nachfolgende Beitrag, den der geneigte Leser auch heute noch im Archiv der Seite finden und so überprüfen kann, hochgeladen:

*Liebe Freidenkende,*
*wieder einmal werden wir Zeugen, dass der linke Gutmensch nichts schwerer ertragen kann, als die Wahrheit. Wieder sehen wir, was passiert, wenn ein frei denkender Mensch das Offensichtliche ausspricht. Eine Lawine des Hasses und der Beleidigungen ergießt sich von denen, die Toleranz predigen und doch nur Gehorsam für ihre eigene Agenda meinen.*
*Das Opfer ist wieder einmal ein deutscher Mann (Wer sonst?!), dessen einziges Vergehen es war, das Unaussprechliche und Offensichtliche nicht nur zu denken, sondern offen auszusprechen. Ein heterosexueller katholischer Familienvater aus der Hauptstadt der schwulen Bewegung: Köln. Ein nationalbewusster Freidenker, dem Multikulti und schwuler Gesinnungsterror einfach zu viel werden und der sich wagt, das auszusprechen.*
*Gewiss, unser Freund Karl-Heinz ist kein unschuldiges Blümchen, sondern eher eine knorrige Eiche.*
*Gewiss, unser Freund Karl-Heinz mag in seiner berechtigten Erregung etwas weit gegangen sein.*
*Aber ebenso gewiss rechtfertigt das nicht seine Verhöhnung in den Systemmedien und den Dreck, mit dem die Rot-Trolle ihn bewerfen! Zu viele schon trauen sich nicht, die Wahrheit öffentlich auszusprechen, aus Angst vor der Rache des Systems. Lasst uns daher unserem Freund Karl-Heinz beistehen. Lassen wir ihn nicht alleine, sondern zeigen wir ihm Treue und Respekt. Lassen wir ihn und das System spüren, dass es viele Freidenker gibt und dass wir mehr werden.*

*Wenn ihr mehr erfahren wollt, abonniert den Wahrheitsbrief der B.U.N.T.E. hier.*
*Euer/Ihr*
*Julius-Erich Streicher*

Tatsächlich sollte die Aufforderung Beistand zur leisten noch einmal zu einer deutlichen Erhöhung der Frequenz der Beiträge auf Karl-Heinz' Socialmediaseite führen. Und während in den ersten Stunden mit den bereits angesprochenen 128 Posts nahezu ausschließlich Reaktionen mit mehr oder weniger deutlich negativem, ja beleidigenden Inhalt erfolgt waren, änderte sich dies im Nachgang zum Beitrag des Herrn Streicher deutlich, wie der nachfolgend wiedergegebene Auszug verdeutlicht:

**Mockingbird** Machste auf Mitleid Naziopa?! Hättste besser die Fresse gehalten. Nu is zu spät.
*7. Juli 2014 um 09:37*
> **Henning Birkberg** querfront
> *7. Juli 2014 um 10:22*

**Friedrich Frey:** Es ist allerhöchste Zeit, den Diskurs zu befreien und den Erziehungsaktivisten des Systems offen gegenüber zu treten. Gut gemacht Karl-Heinz.
*7. Juli 2014 um 09;44*
> **E. Versteher** Gut gebrüllt Kameraden. Weiter so! Unser Tag wird kommen!
> *7. Juli 2014 um 10:12*
> **Maria Schneider-Gunzmann** Auch wenn viele von euch aus den Löchern kommen, wir sind mehr und wir sind wehrhaft!
> *7. Juli 2014 um 10:16*
> **Henning Birkberg** querfront
> *7. Juli 2014 um 10:22*

**W. Best** Dich kriegen wir auch noch.

*7. Juli 2014 um 10:22*

**Maria Schneider-Gunzmann** Und wenn ihr noch so hetzt und schäumt, wir weichen nicht.

*7. Juli 2014 um 10:18*

> **Henning Birkberg** querfront
>
> *7. Juli 2014 um 10:22*

**Bernd Bond** Immer noch keine Titten? Langweilig.

*7. Juli 2014 um 10:20*

> **Henning Birkberg** muschifront
>
> *7. Juli 2014 um 10:22*

**Justus Justus:** Liebe alle, mich erschreckt der Ton, den ich hier vorfinde. Wenn wir eine sachliche Diskussion führen wollen, so sollten wir einander doch mit Respekt begegnen. Also bitte …

*7. Juli 2014 um 10:25*

> **Maria Schneider-Gunzmann** Appeasement hat uns schon einmal in die Katastrophe geführt. Kein Respekt für Rechts. Klare Kante ist die einzige Sprache, die die verstehen. Und wer sich nicht aktiv dagegen stellt, der ist dafür.
>
> *7. Juli 2014 um 10:28*
>
> **Friedrich Frey** Wer Respekt will, der muss ihn sich verdienen. Die Systemtrolle verdienen nur eins: den absoluten Widerstand. Die sind nicht zu retten nur zu bekämpfen. Und wer das nicht versteht, der steht auf der falschen Seite der Geschichte und ist selbst schuld!
>
> *7. Juli 2014 um 10:28*
>
> **Henning Birkberg** querfront
>
> *7. Juli 2014 um 12:22*

**Mitteldeutscher:** Der Freidenker hat recht. Karl-Heinz, Du bist ein Held.

*7. Juli 2014 um 10:33*

**AHool** Nicht weichen Karl-Heinz, die Kameradschaften stehen hinter Deiner Botschaft. Erwache!

*7. Juli 2014 um 10:37*

> **Maria Schneider-Gunzmann** Nun ist die Maske gefallen. Meinungsfreiheit schützt euch nun auch nicht mehr. Wir wissen, wer ihr seid und werden euch finden und zum Schweigen bringen.
>
> *7. Juli 2014 um 10:42*
>
> **Bruno Bock** linksfrontfotze
>
> *7. Juli 2014 um 10:54*
>
> **Linksoben** So ist es. Wir stehen bereit gegen den Streicher und die braune Brut.
>
> *7. Juli 2014 um 11:23*
>
> **AHool** Euch werden wir alle kriegen! Früher oder später. Erwache!
>
> *7. Juli 2014 um 11:41*
>
> **MediIndi:** Ihr seid alle gleich. Gewalt, Gewalt, Gewalt. Aber wir haben keine Angst vor euch, ihr Schweine. Wenn die Bullenschweine nicht aktiv werden, werden wir das erledigen.
>
> *7. Juli 2014 um 12:13*

**Kurt Kobehn** Naziopawichser!

*7. Juli 2014 um 10:47*

**Vera Muster** XXSex und alles unter säxysey.de. Geile Frauen harte Kerle!!!! 24/7

*7. Juli 2014 um 10:51*

**GEnsslin** Schweine sind keine Menschen. Schweine, die sich gegen Menschen stellen, müssen geschlachtet werden. ANTIFA!

*7. Juli 2014 um 10:58*

> **Friedrich Frey** Was anderes als drohen können Sie und ihresgleichen nicht. Aber weder Karl-Heinz noch die

35

Kameraden haben Angst vor der AntifaSA. Wir können uns wehren und wir kriegen euch. Bald!

*7. Juli 2014 um 11:23*

**Linksoben** Alerta Alerta Antifacista! Wir werden nie weichen! Egal, was ihr macht. Systemschweine. Erst der Opa, dann die Enkelbrut!

*7. Juli 2014 um 11:48*

**Jan Unten** Und die Staatsanwälte und ihre Büttel schauen natürlich weg.

*7. Juli 2014 um 11:04*

**Lulu Love** Mehr Ficken, weniger Hass. Weniger Zicken, Poppspass!

*7. Juli 2014 um 11:11*

**Stevie Sau:** Immer rinne in die Kimme, Lulu.

*7. Juli 2014 um 11:12*

**Donni Denker** Ein bisschen Niveau. Hat nix mit Creme zu tun, Naziwichser!

*7. Juli 2014 um 11:19*

**Sven vomWald** Ich kann gar nicht soviel fressen, wie ich kotzen möchte, wenn ich sowas wie den Naziopa sehe.

*7. Juli 2014 um 11:28*

**Mockingbird** Das die sich wieder raus trauen ist doch der Skandal. Und keiner macht was!!!

*7. Juli 2014 um 12:34*

# 17.

Bevor weiter ein detaillierter Blick auf den Fortgang dieser sich verändernden Kommentare und die sich durch diese Gegenreaktionen verstärkenden Beiträge in den sogenannten *sozialen* Medien geworfen werden soll, gilt es einen zusätzlichen Aspekt, der für Karl-Heinz von erheblicher, vielleicht gar entscheidender Bedeutung gewesen sein dürfte, nicht aus den Augen zu verlieren: der Verlauf außerhalb der digitalen Erregung.

In der vermeintlich wahren Welt trat pünktlich um 13:30 Uhr Herr Oberstaatsanwalt Brökkers auf den Plan und vor die eilends alarmierte Presse. Oberstaatsanwalt Brökkers, der auch als innenpolitischer Sprecher seiner Partei und Beauftragter zur Aufarbeitung der Hintergründe der *Keupstraßenvorkommnisse* einer breiteren Öffentlichkeit als *harter Hund* bekannt geworden ist, gab hier zunächst eine offizielle Presseerklärung der Staatsanwaltschaft Köln ab:

»Meine Damen und Herren, es ist im wahrsten Sinne fünf vor zwölf! Bei der Staatsanwaltschaft Köln sind am heutigen Morgen eine Vielzahl von Strafanzeigen wegen des Verdachts der Volksverhetzung sowie verschiedener in Betracht kommender Ehrdelikte im Zusammenhang mit der Veröffentlichung eines mutmaßlich neonazistischen Videobeitrags im Rahmen eines sogenannten sozialen Netzwerks eingegangen. Die Staatsanwaltschaft hat umgehend ein Ermittlungsverfahren eröffnet, die Geschäftsleitung des besagten sozialen Netzwerks kontaktiert und die Schwerpunktabteilung *politische Straftaten* der Polizei mit der weiteren Ermittlung beauftragt. Die Staatsanwaltschaft wird mit aller gebotenen Konsequenz den öffentlichen Raum vor jeder Gefährdung durch rechte Straftäter schützen und die Vorwürfe unter Einsatz aller zur Verfügung stehenden Mittel aufklären und die Täter ihrer gerechten Strafe zuführen. Ob neben dem Tatverdächtigen weitere Personen oder Netzwerke beteiligt sind, wird im Verlaufe der Ermittlungen ebenso zu klären sein, wie die Frage der Mitverantwortung der Betreiber des sozialen Netzwerks selbst. Weitere Informationen wird die Staatsanwaltschaft unter angemessenen Wahrung der Persönlichkeitsrechte der bereits zum Teil bekannten Betroffenen zur gegebenen Zeit öffentlich machen.«

Unglücklicherweise, zumindest aus Sicht des Herrn Oberstaatsanwalts, erfolgte zeitgleich zur besagten Pressekonferenz die offizielle Bekanntgabe der Trennung der Darstellerin einer quotenträchtigen täglichen TV-Seifenoper und eines ehemals professionellen Tennisspielers. Da besagte Darstellerin einer breiteren Öffentlichkeit bereits unbekleidet in einem bekannten Herrenmagazin bekannt geworden war, tat die Tatsache, dass der besagte Tennisspieler seine besten Tage bereits deutlich hinter sich gelassen hatte, dem Interesse der Qualitätsmedien kaum einen Abbruch. So musste sich Oberstaatsanwalt Brökkers mit sechs anwesenden Reportern zufriedengeben, von denen nur einer eine Kamera, aber drei weitere immerhin ein für Aufnahmen geeignetes Smartphone mit sich führten. Diese nicht hinreichende Beachtung seines entschiedenen Kampfes mochte der Oberstaatsanwalt kampflos nicht hinnehmen und entschloss sich unmittelbar nach der Pressekonferenz – und noch bevor er die Herrenmagazinaufnahmen besagter Schauspielerin einer durchaus wohlwollenden Prüfung unterzog – die ganze Macht seines Amtes in den medialen Konkurrenzkampf zu werfen.

So geschah es, dass bereits um 14:05 Uhr und mithin knapp 20 Minuten nach Ende der Pressekonferenz zwei Polizeibeamte in Begleitung des mit einer Kamera ausgestatteten Pressevertreters an der Tür zu Karl-Heinz' Wohnung klingelten und ihn baten, sie zur Vernehmung auf das Polizeipräsidium zu begleiten.

## 18.

Die Polizeibeamten verzichteten trotz der besonderen Schwere des oberstaatsanwaltlichen Interesses an angemessenen Bildern, die ja immerhin mit den bereits angesprochenen entblößten Brüsten der Jungschauspielerin um mediale Wahrnehmung wetteifern mussten, darauf, Karl-Heinz Handschellen anzulegen. Oberstaatsanwalt Brökkers hatte zwar auf »dem vollen Programm und dem großen Besteck« bestanden, sah sich aber aufgrund der Unwilligkeit der zuständigen Polizeiführung hier ebenso enttäuscht, wie im Hinblick auf seine Bitte eines Einsatzes des Mobilen Einsatzkommandos. Stattdessen erschienen mit den Polizeihauptmeistern Muedig und Millowsky zwei ältere Beamte, die Karl-Heinz freundlich baten, sie zu begleiten. Dennoch gelang es dem anwesenden Pressfotografen, wenige Schritte vor der Haustür mehrere Aufnahmen von Karl-Heinz – flankiert von den ihn begleitenden Beamten – zu machen. Karl-Heinz wurde dabei aus jeder Perspektive mehrfach vom Profi sowie einigen mit Smartphones versehenen Passanten fotografiert und gefilmt; zuletzt, als die Beamten dem von der Situation überforderten Rentner mit zerwühltem Haar und recht verwirrtem Gesichtsausdruck in den Polizeiwagen halfen.

Eine halbe Stunde nachdem er im Polizeipräsidium angekommen war und man ihm Gelegenheit gegeben hatte, sich bei einem Becher Kaffee vom Schrecken der unverhofften Abholung zu erholen, begann die Vernehmung von Karl-Heinz durch die Polizeibeamten und ohne Vertreter der Staatsanwaltschaft: Herr Oberstaatsanwalt Brökkers war verhindert, da er zur selben Zeit einen Termin von überragendem öffentlichen Interesse in einem bekannten Frisiersalon hatte ergattern können – selbstverständlich galt es für einen Mann im Rampenlicht der öffentlichen Wahrnehmung alle erdenklich zielführenden Maßnahmen zu ergreifen, die dabei helfen konnten, die Ermittlungen zu einem erfolgreichen Abschluss in Form weiterer Interviews zu führen.

Bereits im Rahmen der erforderlichen Belehrung zu Beginn der Vernehmung kam es jedoch zu Schwierigkeiten. Da eine digitale

Aufnahme der Vernehmung vorliegt, kann der genaue Ablauf hier im Wortlaut wiedergegeben werden:

*PHM Millowsky*: »So, dann wollen wir aber auch mal offiziell werden. Herr Baum, ich muss Sie zunächst darüber belehren, dass es Ihnen freisteht, sich zu äußern, und Sie jederzeit einen Anwalt haben können. Na ja, überspringen wir den Quatsch – Sie wissen ja, weswegen Sie hier sind. Wollen Sie was dazu sagen?«

*Karl-Heinz Baum*: »Nein.«

*PHM Millowsky*: »Sie wollen keine Aussage machen?«

*Karl-Heinz Baum*: »Nein, ich meine, ich weiß nicht, weswegen ich hier bin.«

*PHM Muedig*: »Weil der Staatsanwalt gerne ins Fernsehen und in den Landtag will.«

*Karl-Heinz Baum*: »Wie bitte?«

*PHM Millowsky*: »Frank, lass doch den Quatsch, wir wollen das doch hinter uns bringen.«

*Karl-Heinz Baum*: »Wer will ins Fernsehen? Ich war im Fernsehen. Was soll denn das alles?«

*PHM Muedig*: »Alle wollen ins Fernsehen. Und warum Quatsch, Rainer, stimmt doch wohl, oder nicht?«

*PHM Millowsky*: »Ja, stimmt. Bringt doch jetzt aber nix. Lass uns das ordentlich machen und fertig. Also, Herr Baum, Sie wissen nicht, warum Sie hier sind?«

*Karl-Heinz Baum*: »Nein, sagen Sie es mir.«

*PHM Millowsky*: »Also gut. Tja … warum sind Sie hier … Das stand doch irgendwo. Wo ist denn bloß das Schreiben, wo das stand. Mensch Frank, mach doch mal mit. Warum genau sind wir hier?«

*PHM Muedig*: »Wegen dem Fernsehen und dem Staatsanwalt – sag ich doch.«

*Karl-Heinz Baum*: »Ich bin hier, weil ich im Fernsehen war und nicht der Staatsanwalt?«

*PHM Muedig*: »Genau.«

*PHM Millowsky*: »Ah, hier ist der Zettel doch. So, Herr Baum, hier steht's. Ich les' also mal vor: *Ihnen wird vorgeworfen, in einer Weise, die geeignet ist, den öffentlichen Frieden zu stören, die Menschenwürde anderer dadurch angegriffen zu haben, dass Sie Teile der Bevölkerung böswillig verächtlich gemacht haben, indem Sie vorsätzlich eine den öffentlichen Frieden störende Videobotschaft zur Verächtlichmachung besagter Personen im Rahmen eines sozialen Netzwerkes einer unbestimmten Gruppe von Betrachtern, hierunter auch Personen unter achtzehn Jahren, zugänglich gemacht und im Rahmen der Zugänglichmachung unter anderem strafschärfend zur Gewalt gegen besagte Teile der Bevölkerung aufgerufen und dabei weiter strafschärfend die nationalsozialistische Gewalt- und Willkürherrschaft verherrlicht haben.* Also, was sagen Sie zu diesem Tatvorwurf?«

*Karl-Heinz Baum*: »Ich verstehe das nicht.«

*PHM Millowsky*: »Ich auch nicht.«

*PHM Muedig*: »Er war im Fernsehen und der Staatsanwalt will rein.«

*PHM Millowsky:* »Also schreiben wir rein: Sie sind sich keiner Schuld bewusst und … lassen wir den Quatsch. Frank, mach das Band aus. Wollen Sie wenigstens noch einen Kaffee, Herr Baum, wenn wir Sie hier schon belästigt haben?«

*Karl-Heinz Baum*: »Am liebsten wüsste ich, was das alles soll. Aber zu einem Kaffee sage ich auch nicht nein.«


Hier endete der Mitschnitt.

Gegen 15:40 Uhr brachten die Beamten Karl-Heinz zurück nach Hause und verabschiedeten sich herzlich.

# 19.

Noch während die PHMs Millowsky und Muedig Karl-Heinz zu Hause absetzten, erschien im Online-Portal eines für seine besonders schnelle Berichterstattung bekannten Magazins der nachfolgende Beitrag mit Riesenfoto und Riesenlettern:

## NAZIOPA KARL-HEINZ BAUM VERWEIGERT DIE AUSSAGE ÜBER HINTERGRÜNDE UND KOMPLIZEN

*Der als NAZIOPA bekannt gewordene Karl-Heinz Baum ist soeben durch EINSATZKRÄFTE der STAATSSCHUTZABTEILUNG der Polizei zur Vernehmung über seine jüngsten Taten verhaftet und durch spezialisierte Vernehmungsbeamte umfassend verhört worden. Im Verlaufe des VERHÖRS hat Baum sich in Behauptungen verstrickt und, nachdem er durch die Beamten mit konkreten TATVORWÜRFEN aus, denen kein Entrinnen blieb, konfrontiert wurde, geweigert, zur Aufklärung beizutragen. Die Staatsanwaltschaft hat weitere INTENSIVE ERMITTLUNGEN gegen Baum und einen größeren Kreis von SYMPATHISANTEN angekündigt. Baums Stellung in der Szene wird dadurch weiter deutlich, dass der bekannte BRAUNE AGITATOR J. Streicher noch vor dem Zugriff durch die Polizei zur Unterstützung Baums aufgerufen hat. Es ist zu erwarten, dass die Netzwerke und KAMERADSCHAFTEN hier zur TAT schreiten werden. Die Polizei ist in erhöhter ALARMBEREITSCHAFT, hat die für eine UNTERSUCHUNGSHAFT erforderlichen weiteren Beweise aber noch nicht gefunden. DAS magazin BLEIBT WIE IMMER AM BALL! Sämtliche Hintergrundinformationen und Fotos, sobald sie vorliegen und vor allen anderen.*

Der Herausgeber besagten *magazins*, der einstmals als Chefredakteur der vorangegangenen Printausgabe besonderen Wert auf die

Sorgfalt der Recherche gelegt hatte und der als CEO der börsennotierten Holdinggesellschaft heute einen wesentlichen Teil seiner Bonuszahlungen gekoppelt an Eigenkapitalrendite, Clickzahl und Geschwindigkeit der online Mediendienste erhält, hatte nach einem Anruf seines Schulfreundes Brökkers die Angelegenheit zur Chefsache gemacht und ein Spesenkonto für die ermittelnden Berichterstatter freigegeben.

Parallel zur *magazin*-Veröffentlichung wurden Aufnahmen der Abholung Karl-Heinz' durch die Polizei im Rahmen der RAF-Aktionsnews im Fernsehen einem breiten Publikum zur Kenntnis gebracht. Als kleine Randnotiz kann hier berichtet werden, dass der Beitrag mit Karl-Heinz direkt nach dem Beitrag über die Nackt-DJane, der aufgrund seiner Länge keinen Eingang bei *Alles Amse* gefunden hatte, gezeigt wurde. Direkt im Anschluss lief, und auch das mag von ein wenig Interesse für die Öffentlichkeit sein, ein launiger Beitrag über die schon berichtete sogenannte Promi-Trennung, in dem der Moderator es nicht versäumte, sich anerkennend über die mehrfach gezeigten Fotografien aus dem Herrenmagazin zu äußern. Ohne öffentliches Interesse, aber mit erheblicher persönlicher Enttäuschung, musste Oberstaatsanwalt Brökkers zur Kenntnis nehmen, dass sein besonderer Einsatz und seine neue Frisur es nicht in die TV-Berichterstattung schafften. Die Smartphoneaufnahmen von Karl-Heinz waren dabei zwar aus Sicht eines altmodischen Betrachters etwas verwackelt und unscharf, der professionelle Betrachter, in Person des bereits zitierten RAF-Geschäftsführers, sah hier jedoch ein besonderes Potenzial einer Kombination zwischen Nachricht und Entertainment: »Das war so geil. Blair Witch Projekt goes Russ Meyer; wie der Alte da zwischen den Möpsen abgeführt wird. So endgeil. Unsere Productsponsors sind durchgedreht und haben angerufen, um sicherzustellen, dass Steve da abends das Maximum rausholt«, lautete die professionelle Analyse.

# 20.

Werfen wir nun den angekündigten weiteren Blick – in Film und Literatur würde man es *Rückblende* nennen – auf die Entwicklungen, die die Geschehnisse in den sogenannten *sozialen* Medien hervorriefen. Hier geben uns besagte *Medien* die besondere Gelegenheit und Möglichkeit, zeitgenau zu einem Moment unserer Wahl zurückzukehren. Gehen wir also zurück zu dem Zeitpunkt, als Oberstaatsanwalt Brökkers leicht enttäuscht ob des geringen Medieninteresses seine Pressekonferenz beendete:

**Lala Larum** was wollt ihr? ist doch 'n voll krasser typ – i like crazy.
*7. Juli 2014 um 14:04*

> **GEnsslin** *nicht* krass crazy – krass kriminell. Guck mal ins magazin und wenn dir dann immer noch kein licht über deinen coolen lieblingsnazi aufgeht, bist du wohl selbst einer...
> *7. Juli 2014 um 16:17*
> **Lala Larum** ich bin kein nazi – ich finde den halt nur krass. Darf ich ja wohl!
> *7. Juli 2014 um 16:44*
> **GEnsslin** *nein*, darfst du gerade nicht. Wer nazis nicht aktiv bekämpft hat nix verstanden wer nix verstanden hat, hat auch nix zu melden. Klar? Also: schnauze halten!
> *7. Juli 2014 um 16:52*
> **Hartmut Milde** und wer die schnauze zu halten hat, das dürfen sie bestimmen? Komisches verständnis von meinungsfreiheit haben sie da.
> *7. Juli 2014 um 17:17*
> **GEnsslin** *nazis* verdienen keine freiheit – jetzt nicht und niemals! Freiheit ist immer die freiheit der gerechten.
> *7. Juli 2014 um 17:23*

**Lala Larum** ich bin kein nazi und ich habe keine lust mit jemand wie dir zu streiten.

*7. Juli 2014 um 17:54*

**GEnsssslin** *typisch*: andere meinungen könnt ihr nicht ertragen und müsst gleich persönlich werden. nazipack!!!

*7. Juli 2014 um 18:12*

**Bruno Bock** linksfrontfotze

*7. Juli 2014 um 19:54*

**Justus Justus** ein ton ist das hier wieder – habt ihr spinner echt den ganzen tag nichts besseres zu tun, als im internet leute zu kommentieren, die ihr gar nicht kennt?

*7. Juli 2014 um 14:18*

**EKBumke** hassparolen unwerter personen mit dem ziel die aufrechten zum schweigen zu bringen. Schämt euch!

*7. Juli 2014 um 14:27*

> **K. Duden** Was sind denn bitte ›unwerte Personen‹? Und was ist aus der Groß- und Kleinschreibung geworden?
>
> *7. Juli 2014 um 15:04*
>
> **Claudi Froh** Ey ÄTZEND du OBERLEHRER. Sonne wie dich hab ich ja gefressen. Rechtsschreibnazi!!!!
>
> *7. Juli 2014 um 16:13*
>
> **K. Duden** Junge Dame, in der Sonderschule wird auf korrekte Sprache und Orthografie vielleicht nicht geachtet, das ist aber keine Entschuldigung, unsere schöne Sprache zu verhunzen. Und etwas Anstand schadet auch nicht. Wir sind wohl kaum per Du.
>
> *7. Juli 2014 um 16:48*
>
> **Claudi Froh** Ey opa, fick Dich und deinen naziopafreund gleich mit. Und ich hab ABI wichser!!!
>
> *7. Juli 2014 um 17:19*

**Maria Schneider-Gunzmann** natürlich sprechen menschen wie sie von anstand. das ist nazisprech! Claudi, lass dich nicht von so was provozieren.

*7. Juli 2014 um 17:26*

**Claudi Froh** so isses. die sind dreck nicht wir.

*7. Juli 2014 um 17:53*

**K. Duden** Abitur ist offensichtlich auch nicht das, was es mal war. Und was für ein ›*Mensch wie die*‹ bin ich denn Ihrer Meinung nach? Wohl auch eine dieser ›*unwerten Personen*‹, die man in Ihrer Diktion als ›*Dinge*‹ betrachten kann. Auf dieser Ebene erübrigt sich jede weitere Diskussion. Und an sexuellem Kontakt mit Ihnen habe ich auch kein Interesse. Ficken Sie gerne wen anders.

*7. Juli 2014 um 18:26*

**EKBumke** looser!

*7. Juli 2014 um 18:33*

**Claudi Froh** der oberlehrerstricher und sein nazikumpan

*7. Juli 2014 um 18:42*

**Bernd Bond** Endlich Titten!! Jetzt geht's ab!! Claudi-Mausi, lass doch die Perversen und melde Dich bei mir. Machste Sexting?

*7. Juli 2014 um 19:52*

**Bruno Bock** *muschimann*

*7. Juli 2014 um 19:54*

**FreddyFuchs** Was ein Arsch. Warum müssen solche Leute ihre Texte im Netz ablassen? Interessiert doch niemand was so ein nullachtfufzehn Typ zu sagen hat.

*7. Juli 2014 um 14:33*

**Brett Kluhnie** Der will sich doch nur wichtig machen. Wäre gern originell und berühmt. Ist aber eine ganz arme Wurst. Den dudeln sie natürlich rauf und runter bei RAF und meine geile Idee für eine echt originelle Show ignorieren die. Was ein Arsch.

*7. Juli 2014 um 14:41*

**G. Prinz** Baum-Nazibande hetzt weiter! Und der Staat schaut zu.

*7. Juli 2014 um 14:52*

**Frank Hans** *wer das gesunde volksempfinden nicht vergessen hat, der sieht klar: diese zeiten sind widerwärtig. ein alter mann der gleichschaltung der systempresse geopfert.*

*7. Juli 2014 um 14:54*

**Friedrich Frey:** *nur wenn wir zusammenrücken, kommen wir gegen die pest der einheitsfront an.*

*7. Juli 2014 um 15:07*

**WolfN.** Jode dach, naziopa. typen wie do, die alles wat anders ess stührt, find ich zom kotzen.

*7. Juli 2014 um 15:11*

**Tötges** Ich bin wohl in der falschen Story gelandet? Egal, lass rocken! KNALLen muss das, BÖLLern muss das. Immer feste druf. Schwein!!

*7. Juli 2014 um 15:19*


# 21.

Doch machen wir hier wiederum einen Bruch im Fluss der Ereignisse:

Das Bild des fließenden oder gestauten Wassers war gewählt, um gewisse Läufe und Geschehnisse zu beschreiben und zu verdeutlichen. Wasser, das im Lauf gehindert und hierdurch gestaut wird, wird sich ab einem gewissen Scheitelpunkt durch das stauende Hindernis Bahn brechen und sich dann als Sturzflut in den hinter dem

Hindernis liegenden Bereich ergießen und dort entweder zielgeleitet oder ungeregelt mäandernd abfließen.

Bei Claudia Baum wird sich im Laufe der Geschehnisse von Montag, dem 07. Juli 2014, und der an diesem Tage von ihr geführten Gespräche Vielerlei aufgestaut haben. Es ist unbewiesen, wenn auch wahrscheinlich, dass sie die Darstellungen, die aus ihren Schilderungen gemacht wurden, und die Reaktionen, die diese hervorgerufen haben, frühzeitig zur Kenntnis genommen haben wird. Es dürfte sich jedenfalls aufgrund der verschiedenen mit den Blog-Autoren geführten Gespräche und ihrer Einsicht in die im sozialen Netzwerk laufenden Entwicklungen bei Claudia trotz ihres Urlaubes Verzweiflung, vielleicht gar Wut aufgestaut haben. Sicherlich wird ein junger Mensch, der nie im Fokus der Öffentlichkeit gestanden hat und dies auch nie erhoffte, von der plötzlichen Öffentlichkeit und den gegen einen lieben Menschen erfolgenden öffentlichen Anschuldigungen unter Druck gesetzt fühlen.

Bekannt ist zumindest der Punkt, an dem sich das Aufgestaute bei Claudia Baum Bahn gebrochen hat: Am Nachmittag des nämlichen Montages erschien ein Reporter des *magazin* in Claudias Hotel. Dieser Herr, der für die Beschreibung von Promis und Parties für das *magazin* und vergleichbare Publikationen auf Mallorca seinen Lebensmittelpunkt unterhielt, suchte Claudia unangekündigt und uneingeladen in ihrem Hotel auf, um mit ihr ein Interview zur Fortsetzung des erschienen Beitrages zu führen. Dass es in diesem Moment bei Claudia zu einem Bruch des Bisherigen kam, wird durch die Reaktion deutlich, die von einem zufällig anwesenden Mitreisenden als »Sehr aufgeregt, fast frenetisch – ich dachte, die scheuert dem Kerl gleich eine!« beschrieben wurde. Von körperlicher Gewalt ist im weiteren Zusammenhang zwar nichts bekannt, bekannt ist jedoch, dass Claudia wenig später aus dem Hotel, in dem sie ursprünglich bis zum 10. Juli eingebucht war, auscheckte und sich mit einem Taxi zum Flughafen bringen ließ.

Wie genau sie ihren Flug buchte, ist wiederum unklar. Ein Flug nach Köln-Bonn oder Düsseldorf dürfte wegen der Kurzfristigkeit der Buchung nicht verfügbar gewesen sein. So ist lediglich belegbar, dass Claudia zunächst einen Flug nach Leipzig buchte und um 23:59 Uhr, also noch am fraglichen Montag, im Hauptbahnhof Leipzig den Zug bestieg, der sie, mit Umsteigen in Mannheim, planmäßig um 08:05 Uhr in Köln Hauptbahnhof ankommen lassen sollte.

Was während dieser Zugfahrt geschah, lässt sich demgegenüber – wenn auch unter dem Vorbehalt der Subjektivität der Darstellung – detailliert rekonstruieren, denn Claudia selbst hatte diese Rückfahrt aufgeschrieben und die Niederschrift in ihrem, unter dem Eindruck der Ereignisse wenige Monate später begründeten Blog, der Öffentlichkeit zugänglich gemacht. Es liegt also eine vergleichsweise ausführliche Beschreibung dieser Fahrt vor, die zwar zwischenzeitlich vom besagten Blog entfernt wurde, sich durch diese einfache Löschung jedoch nicht aus der Erinnerung des Internets tilgen ließ.

Es mag dem Leser unpassend, ja befremdlich erscheinen, dass der Beschreibung einer Zugfahrt hier derart breiter Raum eingeräumt wird, dies mag jedoch im Hinblick auf die redaktionelle Freiheit des Erzählers verziehen werden. Denn auch wenn die Geschehnisse auf der Fahrt auf das zu diesem Zeitpunkt wohl bereits unausweichliche Ende Karl-Heinz Baums keine direkten Auswirkungen gehabt haben dürften, so ist die spätere Entwicklung von Claudia ohne diese Kenntnisse schwerer nachvollziehbar. Und so soll zu diesem Zeitpunkt in der Beschreibung der vom Vorangehenden gewiesene Pfad verlassen werden.

In der bereits gesprochenen Sprache des Films würde man beim

Nachfolgenden von einem *Subplot*, einer *Nebengeschichte* sprechen und die Geschehnisse vielleicht zusammenfassend als *Roadmovie* betrachten. Als solcher würde es, dem tradierten Verständnis folgend, als Metapher für die Suche nach Identität und Freiheit stehen. Für Claudia steht es schlicht für ein Ende.

Nicht nur die bisherige zeitliche Ebene soll erneut verlassen werden, sondern auch die Perspektive. Manches bedarf des Versuchs der Nüchternheit in der Beschreibung, anderes wird deutlich in der Subjektivität des Persönlichen. So soll hier Claudias Blog-Eintrag unkommentiert und ungekürzt in der Form wiedergegeben werden, in der er sich im Gedächtnis des Internets finden lässt. Dies mag zwar wiederum den Vorwurf dreisten geistigen Diebstahls der modernen Plagiatshexenjäger hervorrufen und begründen, aber welcher Gedanke ist schon wirklich originell, welcher Gedanke nicht schon von anderen gedacht?

## 22.

Liebe ihr da draußen,

heute möchte ich etwas mit euch teilen, das ich geschrieben habe, bevor ich diesen Blog begann, und das so privat ist, dass ich nicht gedacht hätte, ich würde es irgendwann mit jemandem teilen wollen. Viele von euch haben sicherlich zur einen oder anderen Zeit in ihrem Leben einmal Tagebuch geführt, um ihre Gedanken zu ordnen, zu bewahren und jemandem, der nicht kritisiert, anzuvertrauen. Ich auch. Ich habe mit 13 begonnen ein Tagebuch zu führen (warum auch immer hörte es auf den Namen *Conrad*) und es ein paar Jahre später so gut vor meinem Bruder und meinen Eltern versteckt, dass ich es selbst erst gestern wiedergefunden habe. Und was soll ich euch sagen? Ich musste lachen, als ich jetzt, nach den ganzen Jahren, all die wahnsinnig wichtigen Gedanken und all die Geschichten über süße Jungs und zickige Freundinnen und blöde Feindinnen gelesen habe. Wer als Teenagermädchen kein Tagebuch schreibt, der hat sicher kein Herz – aber wer es tut, sollte es nach der Pubertät schleunigst verbrennen oder aber Humor für die spätere Lektüren bewahren. Mein Leben damals war offensichtlich ein bisschen *Hanni und Nanni goes GZSZ*. Ist wohl manchmal doch ganz gut, dass man Dinge vergisst.

Geschrieben habe ich *Conrad* bis kurz nach meinem 16. Geburtstag. Dann habe ich ihn vergessen und auch nicht vermisst. Bis ich jetzt, Jahre später, mitten in der Nacht im McDonald's im Mannheimer Hauptbahnhof Trost der eigenen Gedanken brauchte, den mir niemand sonst geben konnte. Diesen Eintrag möchte ich heute hier mit euch allen, die ihr mich die letzten Monate begleitet habt, teilen:

Es ist 03:45 Uhr. Ich sitze in Mannheim am Hauptbahnhof im McDonald's und habe einen Big Mac vor mir stehen. In Mannheim! Bei McDonald's!! Mit einem Big Mac!!!!!! Wie konnte das nur passieren? Gestern war das Leben noch toll: Party, Sonne und süße Jungs. Ein toller Urlaub. Fast schon Klischee. Und nun sitze ich statt mit einem knackigen Flirt am Pool mit einem pappigen Burger am Bahnhof. In Mannheim! Auf dem Weg nach Hause, um Opa beizustehen. Ich war es doch, der ihm zum social networking geraten hat gegen die Einsamkeit. Viel einsamer als ich mich gerade fühle, kann man gar nicht sein. Einsam mitten unter anderen. Links von mir sitzt eine alte Frau, die mit sich selbst spricht und aussieht, als ob sie auf der Straße lebt. Bin ich unmöglich, weil ich gedacht habe *eine Pennerin*? Darf man das denken? Zwei Tische weiter sitzen drei junge Südländer und starren zu mir herüber. Ich beobachte sie im Spiegel der Fensterscheibe und fühle mich unbehaglich. Weil sie mich anstarren, weil sie Südländer sind oder weil ich in Mannheim sitze? Ich weiß es nicht. Darf man sich unbehaglich fühlen, wenn man von drei dunkelhaarigen Jungs angestarrt wird? Darf man sich unbehaglich fühlen, weil man mitten in der Nacht in Mannheim sitzt? Warum finde ich drei Südländer bedrohlich? Warum finde ich Mannheim ätzend? Ich kenne sie und die Stadt doch gar nicht. Was mögen die von mir denken? Was mögen die von mir wollen? Und warum beobachte ich die im Fenster? Sind das Vorurteile oder Urteile? Bin ich vorsichtig oder frustriert?

Ich beschließe, mit dem Beobachten aufzuhören und stattdessen aufzuschreiben, wie ich hier gelandet bin. Hier am Hauptbahnhof in Mannheim mitten in der Nacht bei einem pappigen Burger. Der eine der drei Jungs erinnert mich an River Phoenix. *Stand by me* war der Film, bei dem ich das erste Mal geküsst habe. Lukas Mohring. Ich habe ihn geküsst und an River Phoenix gedacht. Nicht den Jungen aus dem Film natürlich, sondern den verletzlichen Typ aus *My private Idahoe*. Und ich habe Lukas Mohring geküsst. Was eine Schande! Sie haben ihn verbrannt und seine Asche verstreut. River meine ich, nicht Lukas. Der ist jetzt Finanzbeamter in Meerbusch. Beide also irgendwie tot. Ist verbrannt werden eine gute Art für die Ewigkeit und gibt es ein Leben als Finanzbeamter? Wie mag es sein, an einer Überdosis zu sterben, während Johnny Depp im Hintergrund Musik macht? Welche Musik will ich mal hören, während ich sterbe? Und warum denke ich so einen Mist und schreibe ihn auch noch auf? Wie komme ich hier her?

Um 23:59 Uhr habe ich den ICE in Leipzig gerade noch erwischt, um nach Hause zu kommen. Komische Fahrt! Gleich beim Einsteigen, als ich einen freien Platz gesucht habe. Der Mann, den ich fragte, ob hier frei sei, hat gesagt: »Frei ist hier schon lange nicht mehr, aber der Platz ist leer.«

Was kann man schon erwarten, wenn eine Fahrt durch die Nacht so beginnt? *Mike and the Mechanics'* *The living years* würde ich wahrscheinlich aussuchen. Perfekt zum Sterben. Warum die das wohl immer zu Weihnachten im Radio dudeln? Aber irgendwie ist Weihnachten ja auch schon lange tot.

Warum denke ich die ganze Zeit übers Sterben nach? Auch wenn Mannheim dafür ein ganz passender Ort sein mag. Vielleicht sollte ich mal zu dem Jungen, der aussieht wie River Phoenix, rüberlächeln.

Ich habe mich dann trotz der merkwürdigen Antwort auf den leeren Platz im ICE gesetzt und hinter meinem Smartphone versteckt. Aber irgendwann hat der mich doch angesprochen: »Wissen Sie, wo wir sind? Was gerade passiert?«, hat er mich gefragt.

»Im Zug von Leipzig nach Mannheim«, habe ich gesagt. War doch offensichtlich; schon bessere Anmachen erlebt.

Aber das hat er gar nicht gemeint und nicht gewollt. »Wir haben gerade den Todesstreifen passiert«, war, was er gemeint und gesagt hat.

Vielleicht ist das ja der Grund für meine ganzen Todesgedanken. Todesstreifen – was ein Wort!

Dann hat sich im McDonald's ein Mann im feinen Anzug zu der älteren Dame gesetzt. *Pennerin* darf man bestimmt nicht denken.

Wenn ich so drüber nachdenke, würde ich wohl doch *Coldplay* und *The hardest part* nehmen, um dazu zu sterben. Oder eher was Lustiges, Aufmunterndes? *Don't worry be happy* und ab in die Ewigkeit?

Der gut gekleidete Mann sagte zu der Pennerin: »Komm, Hedwig, lass uns nach Hause fahren und ins Bett gehen. Deine Vernissage war großartig, aber jetzt bin ich müde.«

Kann man wirklich Künstlerin werden, wenn man Hedwig heißt? Oder muss man vielleicht sogar? Komische Frage, wenn man einen *River* geliebt hat.

Sie gibt dem gut gekleideten Mann einen Hunderteuroschein und sagt: »Gut, dann hol uns wenigstens noch eine Flasche Champagner.«

Die drei Jungs gucken. Textlich würde *The River of dreams* gerade ganz gut passen, aber irgendwie möchte ich zu Billy Joel nicht sterben.

Die Gedanken nerven! Also rufe ich mir Billy auf meinem Handy auf und höre ihn, während der gut gekleidete Mann beginnt, der Pennerin zu erklären, warum sie im McDonald's am Mannheimer Hauptbahnhof mitten in der Nacht keinen Champagner bekommen wird.

»Leo Bloom«, hatte sich der Zugreisende vorgestellt, nachdem wir die dunkle ehemalige Grenze schon lange passiert hatten.

»Angenehm«, hatte ich geantwortet, war mir aber nicht sicher, ob das stimmte.

»Ich wollte Sie nicht mit düsteren Gedanken an das, was mal war, belästigen. Sie sind ja jung und werden sicher einen angenehmen Grund für Ihre Fahrt haben und sich auf das Ankommen freuen. Kommen Sie aus dem Urlaub?«

»Ja«, sagte ich. »Ich fahre nach Hause und habe mir gerade ein paar Urlaubsfotos angeguckt. Draußen sieht man ja nicht so viel, jetzt mitten in der Nacht. Und wenn Sie mir das verzeihen, finde ich den Gedanken an einen Todesstreifen auch nicht gerade erbaulich.«

Urlaubsfotos im Todesstreifen ist irgendwie ein interessanter Gedanke, aber für Gute-Laune-Musik beim Sterben bin ich dann wohl doch ein wenig zu deutsch. Ich hatte mal eine Freundin, die aus Mexiko kam und mir immer vom fröhlich ausgelassenen Totenfest, dem *Dia de los Muertos* vorgeschwärmt hat. Ich habe das immer für ziemlich makaber gehalten, auch wenn sie wirklich großartige Fotos gepostet hat. Dort sehen sie den Tod wohl als Teil des Lebens. Ich sehe den Tod als Tod. Nix mehr, nix weniger! Ende aus die Maus. Das kann gerne noch warten – egal mit welcher Musik.

Billy Joel sucht in meinen Ohren gerade nach etwas, das aus seiner Seele genommen wurde und der Junge, der wie River aussieht, lächelt mich an.

Der Mann im Zug sammelte Bilder von Friedhöfen. Ich dachte, was kann ich Unverbindliches sagen und habe gesagt: »Ich bin Studentin. Und was machen Sie?«

»Ich? Ich mache Bilder von Friedhöfen«, hat er geantwortet.

»Ach.«

Wie soll man auch bei so einer Antwort originell reagieren? Und was soll man machen, wenn einen ein toter Hollywood-Star, in den man als Teenager verliebt war, mitten in der Nacht in Mannheim anlächelt? Ich habe zurückgelächelt – Billy lässt sich schließlich gerade vom Fluss seiner Träume mitnehmen, River feiert auf mexikanischen Friedhöfen und ich sitze bei einem Big Mac in Mannheim. Was soll man da machen, außer zurückzulächeln?

»Finden Sie das ungewöhnlich?«, hatte der Mann im Zug gefragt.

Der Junge, der jetzt der Traumliebhaber meines ersten Kusses ist, steht auf und geht an den Tresen. Hedwig und ihr gut gekleideter Begleiter sind weg.

»Nun, ja. Doch. Ehrlich gesagt, schon ein bisschen«, hatte ich dem Mann im Zug geantwortet.

»Ich hatte mal eine Freundin, die hatte ein Bild von kartenspielenden Hunden in ihrem Schlafzimmer. Das fand ich ungewöhnlich.«

»Okay, das ist auch merkwürdig.«

»Finde ich gar nicht, dass das des Merkens würdig ist. Ich würde sie lieber vergessen«, war seine Antwort.

Ich würde die letzten 24 Stunden auch am liebsten vergessen. Dann säße ich jetzt nicht in Mannheim am Bahnhof, sondern läge am Strand im Süden. Und noch lieber als die letzten 24 Stunden zu vergessen, würde ich die nächsten nicht erleben. Da bin ich mir irgendwie sicher. Billy schweigt und River hat zwei Becher schwarzen Kaffee bestellt. Ob Hedwig kartenspielende Hunde malt?

»Gut, aber warum ausgerechnet Friedhöfe?«, habe ich den Mann im Zug gefragt.

»Was fotografieren Sie denn? Was wäre relevanter?«, hat er geantwortet.

Ich hätte ihn wohl Maria, meiner mexikanischen Freundin vorstellen sollen, damit die sich über Friedhofsposts unterhalten, aber irgendwie hatte ich das Gefühl, dass dieser Mann nicht einmal wusste, was ein social network überhaupt ist. Der typische Selfiemacher war er jedenfalls nicht.

»Na ja, ich fotografiere Menschen. Und Orte, um mich an sie zu erinnern und sie vielleicht anderen zu zeigen«, sagte ich.

»Schön. Welche Menschen? Fotografieren junge Leute nicht dauernd nur sich selbst? Ich habe schon verschiedentlich Menschen mit einem Telefon an einem Stock gesehen, die sich selbst aufgenommen haben. Da fotografiere ich doch lieber weiter Friedhöfe. Das finde ich relevanter und interessanter.«

»Okay. Schätze, man kann das sicher machen.« Hatte ich mir ja ohnehin schon gedacht, dass er für Selfies nichts übrig hat.

Wenn ich *Hedwig* und *Künstlerin* google, kommen 3 Hedwigs. Ihre Bilder finde ich alle nicht so doll; kartenspielende Hunde sind nicht dabei. Mein Kunstlehrer hat ja schon früh gesagt, ich hätte kein Talent und kaum Gespür. Nicht gerade der Satz, den man mit 14 hören will. Wie heißt bloß das Bild, an das ich gerade denken muss? River hat den Kaffee bekommen und kommt zu mir. Was mache ich jetzt bloß? Soll ich ihn endlich nach all den Jahren küssen, wenn sich die Gelegenheit bietet? Seine beiden Freunde sind schon gegangen.

»Wussten Sie zum Beispiel, dass es in Hamburg ein Einkaufszentrum gibt, das auf einem jüdischen Friedhof gebaut wurde und in dessen Keller nun eine Gedenktafel an die unter den Füßen der Einkaufenden liegenden Toten erinnert?«, hatte der Mann im Zug gefragt.

»Nein, wusste ich nicht. Ist ja schon ein wenig makaber.«

»Finden Sie? Ich finde es schön. Und wussten Sie, dass der amerikanische Nationalfriedhof Arlington auf dem Gelände der Farm des Oberbefehlshabers der Südstaatenarmee, General Lee, errichtet wurde? Während die Bruderarmeen sich noch blutig bekriegt haben, wurde im Auftrag von Präsident Lincoln ein schwarzer Amerikaner beerdigt und auf den Grabstein das Wort *Bürger* graviert – so jedenfalls eine schöne Geschichte über das Grab. Hier habe ich ein Foto. Lehrt uns das nicht etwas über ausgleichende Gerechtigkeit? Und über Menschlichkeit? Ich kann Ihnen sagen, die Toten sind oft menschlicher, als die Lebenden.«

»Nein, wusste ich auch nicht. Wirklich eine schöne Geschichte.«

*Nighthawks.* River stellt einen der beiden Kaffees vor mich und lächelt mich an, wie es nur der unerreichbare Liebestraum eines Teenagers kann. Wenn er fragt, werde ich ihn sofort hier und gleich küssen.

»Du siehst so müde aus. Ich wünschte, wir wären uns an einem anderen Ort und zu einer anderen Zeit begegnet. Nun werde ich nie erfahren, was sich hinter diesen müden Augen versteckt«, sagt er, dreht sich um und geht.

Was für ein Augenblick! War es das? Der vielleicht romantischste Moment in meinem Leben; ausgerechnet im McDonald's in Mannheim? Manchmal ist es sogar noch besser, wenn man sich nicht küsst. Es bleibt vielleicht die große Frage, aber die Frage bleibt groß. Jede Antwort wäre sicher kleiner. Und wo ich schon beim Künstlergoogeln bin, kann ich ja auch mal *Nighthaws* googeln. Tom Waits hat ein Album gemacht über *Nighthawks at the Diner.* Mein Album über *Nighthawks at McDonald's* wäre auch ganz passend. *Flower's Grave* kommt jedenfalls auf die Liste *Musik würdig beim Sterben.*

»Mein absoluter Lieblingsfriedhof liegt in Paris, der Cimetière de Picpus. Gucken Sie mal dieses Bild. Ein wirklich interessanter

Ort, um etwas über das Leben zu erfahren,« hatte der Mann im Zug gesagt.

Was soll man dazu sagen, ohne doof zu klingen? »Davon habe ich gehört. Sind da nicht die ganzen Promis begraben? So wie der Sänger von den Doors – wie hieß der denn noch gleich?«

»Jim Morrison. Aber nein, der ist auf dem Cimetière du Père-Lachaise begraben, dem größten Friedhof von Paris. Hier, schauen sie mal dieses Foto. Auch ein bemerkenswerter Friedhof, da er der erste Parkfriedhof der Welt ist. Ist halt so, dass alle gleich an Promis denken, statt an wirklich Wichtiges. Aber der Cimetière de Picpus ist für mich viel bedeutender, da dort die Toten des Grande Terreur, des Großen Terrors, liegen. Wissen Sie, was das bedeutet?«

»Nee, keine Ahnung. Irgendwas mit Islamisten?«

»Und wieder typisch. Als ob Terror eine islamische Erfindung wäre. Nein, da waren europäische Idealisten nicht weniger mörderisch. Zwischen Sommer 1793 und 1794 haben intelligente aufgeklärte Männer in Frankreich einen Tugendstaat errichtet, junge Dame. Und was glauben Sie, ist passiert?«

»Hmmm, großer Terror?«

»Exakt! Die gebildeten humanistischen Herren haben Zehntausende von Menschen im Namen der Tugend und aufgeklärten Freiheit umgebracht. Und wissen Sie was?«

»Was?«

»Der oberste der Tugendwächter, ein Mann von unbestechlicher Treue zu seinen hehren Idealen, hat den schönen Satz geprägt: *Terror ist nichts anderes als sofortige, unnachsichtige und unbeugsame Gerechtigkeit; folglich ist er ein Ausfluss der Tugend.* Terror der Tugendwächter – an was mag Sie das erinnern? Derselbe Herr übrigens, Monsieur Robespierre, hatte wenige Jahre vorher sein Amt als Richter an einem bischöflichen Gerichtshof niedergelegt, da er als Gegner der Todesstrafe einen Menschen nicht zum Tode verurteilen wollte. In einem Gericht des Repräsentanten Christi konnte ein Gegner der Todesstrafe nicht als Richter tätig sein. Was für ein Verständnis der christlichen Nächstenliebe und des fünften Gebots. Und dann kamen Zehntausende Tote. Geopfert auf dem Altar der eigenen Tugend und gefühlten Überlegenheit. Also sagen Sie mir nicht, auf Friedhöfen könne man nichts über Menschen lernen, junge Dame. Wenn Sie wissen wollen, wohin die unkontrollierte Tugend führen kann, gehen Sie zum Grab der 16 Karmelitinnen-Schwestern.«

Ich habe es gegoogelt, das mit dem Grab der Schwestern und mit dem großen Terror.

Gibt wohl nicht die richtige Musik zum Sterben. Wichtig ist die richtige Musik zum Leben. Und hoffen, dass das große Schicksal mir erspart bleibt. Früher habe ich mal gedacht, ich müsste was Besonderes aus meinem Leben machen und berühmt und reich werden. Gerade will ich nur nach Hause kommen und dass die große Welt, die vor der Scheibe liegt, genau dort bleibt.

Der Mann mit den Friedhöfen ist dann ausgestiegen und auf seinen Platz hat sich ein dicker Kerl gesetzt, der Mettbrote gegessen hat. River ist gegangen und auf seinem Platz setzen sich nun vier Männer von der Stadtreinigung. Ich lasse meinen Big Mac stehen, klappe meinen Laptop zu und gehe zu Bahnsteig für den Anschlusszug nach Köln.

Nun, liebe ihr da draußen, ich habe den Anschlusszug bekommen und bin um 08:05 Uhr pünktlich in Köln angekommen. Was danach passiert ist, wisst ihr alle und habe ich schon so oft hier und andernorts erzählt. Ein paar Wochen später habe ich mir einen Kunstdruck von *Nighthawks* besorgt und angefangen zu bloggen. Das Leben lässt uns nicht in Ruhe.

Eure Claudia

# 23.

Hier nun ist es wiederum an der Zeit, im Ablauf der Geschehnisse kurz zurückzuspringen, zu einem Zeitpunkt wenige Stunden nach Veröffentlichung des Beitrags auf dem Blog der *B.U.N.T.E.* und mithin zu Claudias zweitem Fehler, der zwar dem Beobachter als verzeihlich, vielleicht verständlich erscheinen mag, der aber unentschuldbar ist.

Um 12:58 Uhr erhielt Claudia einen weiteren Anruf auf ihrem Handy. Diesmal kam der Anruf von einer Berliner Telefonnummer, die auf Frau Stefanie Richter, eine in ihren Kreisen legendäre sogenannte *Influencerin* und Aktivistin, eingetragen war. Mutmaßlich um ihren Fehler aus dem vorangegangenen Anruf des Herrn Streicher nicht zu wiederholen und sich vorab ein grundlegenderes Bild von den Intentionen und Ansichten der Anruferin zu machen, dürfte Claudia sich dieses Mal ausbedungen haben, zunächst einen Blick auf den von Frau Richter betriebenen Meinungsblog zu werfen. Dies jedenfalls legen die Verbindungsdaten von Claudias Smartphone nahe, mit dem sie sich kurz nach Beendigung des Telefonats mit Frau Richter auf der Homepage des nämlichen Blogs *Die_Stichling* einloggte.

Es liegt nahe, dass dieser Blick auf den Quell von Frau Richters Aktivitäten Claudia beruhigt haben dürfte. In der Tat finden sich auf der Homepage auch heute noch unter der Bezeichnung *Blog für offensive aesthitik und konfrontative lauterkeit* Wiedergaben moderner Kunstwerke neben Berichten über Hilfsprojekte in Lateinamerika. Hierdurch offensichtlich beruhigt und von den lauteren Motiven der Anruferin überzeugt, rief Claudia, wieder ausweislich ihrer Verbindungsdaten, Stephanie Richter um 13:27 Uhr zurück und übermittelte dieser im Anschluss an ein vierzehnminütiges Gespräch eine Audiodatei, die einen Mitschnitte ihres Gesprächs mit Julius-

Erich Streicher enthielt. Die Gründe, die sie hierzu bewogen, fasste Claudia viel später folgendermaßen zusammen: »Die Dame hat versprochen, sie werde uns helfen, das alles richtigzustellen. Der Herr Streicher sei ihr als rechter Wortverdreher wohlbekannt.«

In der Tat wurde auf *Die_Stichling* in der Rubrik *wahrer widerstand* wenig später der versprochene Beitrag veröffentlicht. Aufgrund seiner Bedeutung und seiner Sinnbildlichkeit soll auch dieser Beitrag hier in wortgetreuer Kopie wiedergegeben werden:

## Der Schoss ist fruchtbar noch – ›Naziopa‹ Karl-Heinz und das braune Erbe!

*Angewidert erleben wir das traurige und doch zunehmend alltägliche Schauspiel des vermeintlich Nationalkonservativen, der unter dem Deckmantel eines besorgten Bürgers daherkommt und der doch, wenn wir nur den Mantel des Rechtschaffenen ein wenig anheben und wenn er sich unbeobachtet wähnt, sein wahres Gesicht zeigt: die Fratze braunen Packs!*

*Mit verfehlter Belustigung haben viele den entlarvenden Videopost des Naziopas Baum gesehen und sich darüber amüsiert. Doch Vorsicht, Freundinnen\*Freunde, auch hier ist es nicht so, wie es scheint, und schon gar nicht amüsant. Wer würde vermuten, dass der anscheinend so harmlos verwirrte Baum einer unverbesserlichen Dynastie Rechtsradikaler entspringt?*

*Schon der Vater Baums war ein Nazi der ersten Stunde, der lange vor der Machtergreifung in der HJ aktiv war und sobald nur irgend möglich in die Partei eintrat. Dieser Heinrich August Baum blieb selbst dann noch dem Regime treu ergeben, als seine rechten Kameraden den eigenen Bruder wegen dessen Homosexualität totgeschlagen hatten. Statt sich von dem mörderischen Regime abzuwenden, begnügte er sich nicht nur damit, einfacher Wehrmachtsscherge zu werden, sondern ließ sich einer Sonderabteilung zuteilen, de-*

*ren erklärtes Ziel die Festigung des unbedingten nationalsozialisti-*
*schen Willens und Gehorsams war. Mit welchem Erfolg, das sehen*
*wir nicht nur an seinem Sohn. Nein, sogar seine Enkelin hat öffent-*
*lich mit kaum verhohlenem Stolz erklärt, dass Adolf ihres Opas ein-*
*ziger wahrer Freund sei, dem es nachzueifern gelte. Kann es da ein*
*Zufall sein, dass der Naziopa in der Nähe der Keupstraße wohnt?*
*Wo war er denn Anfang Juni 2004? Hatte der vorbestrafte Adolf-*
*Freund und Brandstifter Baum Kontakte zum NSU? Was tut der*
*Verfassungsschutz, während diese Fragen immer lauter werden?*
*Amüsiert er sich über die Hetze des Naziopas gegen Homosexuelle,*
*Migranten\*innen und Muslime\*as?*
*Freundinnen\*Freunde, seid wachsam und nehmt das vermeintlich*
*Lustige nicht auf die leichte Schulter. Es ist nicht amüsant, es ist*
*ernst!!! Es ist höchste Zeit aufzuwachen und Widerstand zu leisten!*
*<u>Hier</u> könnt ihr Mitglied\*in unserer Community werden. Lasst uns*
*dem rechten Gesocks entgegentreten, das seine Unterstützer sam-*
*melt. Wieso wohl hätten Baum und seine Enkelin sich, nachdem der*
*Widerstand begann, wohl sonst sofort der Hilfe ihres Spießgesellen*
*Streicher versichern sollen? Die rechte Propagandamaschinerie*
*läuft. Der Feind hat sich entschlossen, den Naziopa zum Symbol zu*
*machen. Lasst das nicht zu. Bekämpfen wir sie mit allen Mitteln.*
*V_E_N_C_E_R_E_M_O_S*

Diese Wiedergabe des Originals ist auch deshalb von Interesse, da
sie zwar aus derselben Quelle entspringt, wie der Beitrag des Julius-
Erich Schleicher, ganz anders scheint und doch dasselbe bezweckt
und erreicht.

# 24.

Richten wir hier den Blick nochmals auf das Geschehen in den sogenannten *sozialen* Netzwerkseiten und vergegenwärtigen wir uns, welch gegenseitig befruchtende Wirkung die Veröffentlichungen in den verschiedenen Medien hier hatten. Sie wirkten gleichsam wie eine Lawine, bei der das Netz alles aufnahm und in der ein Medium das andere verstärkt und alle ihre Kraft aus der gemeinsamen Energie der Bewegung bergab ziehen:

**Brett Kluhnie** jetzt ist da schon wieder was über den Nazi-Opa im Fernsehen. hat der denn nix anderes zu tun, als im fernsehen seinen Scheiß zu verbreiten? Den ganzen tag sehe ich nix anderes als Nazi-Opa. Warum zeigen die nicht lieber das geile playboyhäschen mit dem tennistypen?
*7. Juli 2014 um 16:23*
**G. Prinz** Die Staatsanwaltschaft wird euch schon drankriegen! Gut, dass die Medien keine falsche Scham haben. Immer ran!!!
*7. Juli 2014 um 16:35*

> **H. Fust** Zu meiner Zeit hätten wir schon längst alle nötigen Beweise, die wir brauchen. Pack!
> *7. Juli 2014 um 17:02*
> **Rudi Werner** Wer braucht Beweise wenn das klar ist. Kein Mitleid mit solchen Leuten. Sex & Krawall ist doch alles was die können.
> *7. Juli 2014 um 17:28*

**Andres Blaugold** Den Typ von der Staatsanwaltschaft kenne ich. Der hat auch bei uns ermittelt. Scharfer Hund! Ran an die Nazis. Solche Typen brauchen das sonst hetzen die Drecksnazis immer weiter! ANTIFA
*7. Juli 2014 um 16:44*

**Linsoben** da glaube ich eher an die unschuld einer hure als an die gerechtigkeit der deutschen justiz
*7. Juli 2014 um 17:38*

**AHool** Alter, die lügen in euren köpfen hallt, erzeugt in unseren herzen gegengewalt
*7. Juli 2014 um 19:33*

**K. Duden:** Meine Herren, ist das hier ein Treffen von Aushilfslyrikern?
*7. Juli 2014 um 19:45*

**Linksoben** Fresse Alter! Sonst kommst Du dran, wenn wir mit dem dem Naziopa fertig sind.
*7. Juli 2014 um 19:53*

**AHool** Halts Maul du Spast! Wir können Dich ja mal besuchen kommen.
*7. Juli 2014 um 19:53*

**Janine Nadine** Ey Leute, den kenn ich. Der ist nicht nur ein NA-ZIOPA, der ist ein PERVERSER! Samstag war ich mit zwei FwBs noch auf der Suche nach einem geilen Film zum anturnen und ein bisschen toys und da war der Perverse auch und hat mich geil angeguckt. Total creepy! Und beim rausgehen hat hat das Schwein mich dann auch noch angegrabbelt. EIN PERVERSER NAZIOPA!!!!
*7. Juli 2014 um 16:52*

**G. Prinz** Wird ja immer besser. Jetzt auch noch Sex. Perverser Naziopa und seine Spießgesellen. An den Pranger mit denen.
*7. Juli 2014 um 17:39*

**DerBartels** Ganz meine Meinung. Teeren und Federn und aus der Stadt jagen!
*7. Juli 2014 um 18:13*

**Bernd Bond** Geht doch echt ab. Widerlich, dass so'n Perverser einfach Mädels belästigen darf. Wenn Du

Bock auf'n Dreier hast, melde Dich. Ich besorgs Dir so richtig.

*7. Juli 2014 um 19:12*

**Bernd Bond** Geil und jetzt auch noch scharfe Fotos von der Nazitussi. I LIKE!

*7. Juli 2014 um 19:47*

*GEnsslin wer noch Fragen hatte, muss nur Die_Stichling lesen. die genossin steffi richter sieht mal wieder klar. also freunde, keine handbreit den nazischweinen.*

*7. Juli 2014 um 16:54*

**Friedrich Frey** Die Rote Steffi lügt mal wieder, dass sich die Balken biegen. Wer wissen will, was wirklich wahr ist, der liest den Wahrheitsbrief des Kameraden Streicher und nicht den Rotfrontdreck.

*7. Juli 2014 um 16:54*

**PipiLottaV.** Du machst Dir die Welt, wie sie Dir gefällt!

*7. Juli 2014 um 17:26*

**Friedrich Frey** Genau typisch Bolschewiken halt!

*7. Juli 2014 um 17:58*

**GEnsslin** stimmt so sind sie eben die nazis

*7. Juli 2014 um 17:58*

**GoldenBoy** FckNazis. FckNaziopa.

*7. Juli 2014 um 17:03*

**Brett Kluhnie:** Ich glaube der Staatsanwalt ist genauso kamerageil wie der Naziopa. Schweine.

*7. Juli 2014 um 17:26*

**Tötges** Was ein obergeiles Foto von dem Naziopa. Für so eins würde ich mich glatt erschießen lassen. Der ist doch echt senil der Penner.

*7. Juli 2014 um 17:37*

**Maria Schneider-Gunzmann** Warum lassen sie den denn raus? Der sollte in Haft, bis klar ist, was er alles auf dem Kerbholz hat.
*7. Juli 2014 um 17:48*

> **D. Advocaat** Schon mal was von in dubio pro reo gehört? Und welche Haftgründe soll es bei einem älteren Herren geben?
> *7. Juli 2014 um 18:02*
>
> **Maria Schneider-Gunzmann** Wo sind denn Zweifel? Gucken sie sich den Naziopa doch bloß mal an und lesen sie mal was wir wissen. Solche Typen gehören weggesperrt. Für so einen wäre Bautzen noch zu gut. Und Sympathisanten sollten gleich mit weg kommen! Wehret den Anfängen kann ich nur sagen. Es geht um eine Botschaft für die Freiheit.
> *7. Juli 2014 um 18:16*
>
> **G. Prinz** Genau. Wenn man genug Infos hat, braucht man keine weiteren mehr. Was reicht reicht. Und hier reicht's!
> *7. Juli 2014 um 18:34*

**M. Mutig** was für eine sippe seid ihr denn ihr nazibaums? Sowas hätte es doch früher nicht gegeben. Da hätte man schon gewusst, was man mit so einem gesocks macht.
*7. Juli 2014 um 17:51*
**HStiglitz** Naziopa Dich kriegen wir!!!!!
*7. Juli 2014 um 18:01*

# 25.

Um 19:36 Uhr erschien wiederum auf der Internetseite des *magazin* ein weiterer Artikel, der hier aufgrund seiner Wichtigkeit im vollen Wortlaut, wie er sich im Gedächtnis des Internets finden lässt, wiedergegeben werden soll:

**NAZIOPA KARL-HEINZ BAUM – JETZT WIRDS SCHMUTZIG: SEX, SEX, SEX – DER NAZIOPA UND DAS SCHARFE MÄDEL – DAS magazin DECKT AUF**

*Das magazin bleibt am Ball und stellt sich der BRAUNEN GEFAHR für unser Land diesmal in Gestalt des NAZIOPA Baum entschieden entgegen. Unser Spanienkorrespondent hat in einem Partyhotel auf Mallorca, aus dem wir regelmäßig über heiße ORGIEN, geile PROMIS und wilde DROGENPARTIES berichten, die FLOTTE ENKELIN des NAZIOPAS aufgespürt. Die flotte Claudia, standesgemäß gut gebräunt und im KNAPPEN BIKINI mitten in der Partycrowd, durch unseren Reporter gestellt, gilt verschiedenen Quellen zufolge als jüngster Spross einer wahren NAZIDYNASTIE. Was sich hinter dem SEXY Äußeren verbirgt, musste unser Reporter schnell und unmittelbar am eigenen Leib erfahren: nur knapp entkam er einem TÄTLICHEN ANGRIFF, als er die FLOTTE STUDENTIN zur Rolle ihres NAZIOPAS in der BEWEGUNG befragen wollte. Wie eingebunden die flotte Claudia dort ist, wird bereits dadurch deutlich, dass sie noch vor Ingewahrsamnahme vom NAZIOPA durch die STAATSANWALTSCHAFT mit dem aus der Bewegung bekannten AGITATOR Streicher in Kontakt getreten ist. Streicher, dem allerbeste Kontakte zu den FREIEN KAMMERADSCHAFTEN nachgesagt werden, ist umgehend in Aktion getreten. Ob und WANN es zu weiteren GEWALTTATEN kommen wird, werden wir erleben und wird das magazin EXKLUSIV berichten. Für ihre Rolle in der Be-*

*wegung spricht auch, dass die flotte Claudia, unmittelbar nachdem unser investigativer Reporter sie konfrontiert hatte, überstürzt abgereist und am Flughafen in einen Flug nach Leipzig eingecheckt ist. Was wird sie ins dunkle Sachsen ziehen? Wen wird sie dort KONSPIRATIV TREFFEN? Das magazin wird berichten!!*

*Lesen Sie hierzu auch das Interview, das unser Reporter mit dem zufällig ebenfalls vor Ort anwesenden Starlet Nadine Bild geführt hat – Nadine spricht Tacheles über NAZISCHLAMPEN, SEXORGIEN und ihren neuen Song.*

*Aber nicht nur die flotte Claudia ist offensichtlich scharf auf SCHNELLEN SEX. Auch der NAZIOPA selbst soll sich vor wenigen Tagen einer weiteren JUNGEN FRAU unsittlich genähert haben. Seien Sie gespannt, welche ANZÜGLICHEN DETAILS und Geschichten das magazin hier noch herausfinden wird.*

*DAS magazin BLEIBT WIE IMMER AM BALL! Sämtliche Hintergrundinformationen und Fotos sobald sie vorliegen und vor allen anderen.*

Begleitet wurde der Bericht von Fotos einer sichtlich aufgeregten Claudia im Bikini, neben einer jungen Dame auf einer Poolliege, deren Gesicht verpixelt und deren Oberweite gephotoshoppt wurde, sowie einer lasziv blickenden Nadine Bild in schwarzen Spitzendessous.

# 26.

Nur wenig später, fast zeitgleich zum Upload des Artikels des *magazin* erschien nachfolgender Beitrag im Blog *Die_Stichling*:

## Nazigruppe Baum und der Mädchenkult der Neuen Rechten

*Die Familie Baum gewährt uns Einblicke in das Innenleben und die Denkweise patriarchalisch-völkischen Denkens, die weit über die Bedeutung des konkret Erlebten hinausgehen. Manch wohlmeinende Leserin\*, manch wohlmeinender Leser\* mag verwundert sein, dass eine junge und mutmaßlich gebildete Frau, wie die Enkelin des Naziopas Karl-Heinz Baum, sich als williges Werkzeug der völkischen Ideologie einsetzen und missbrauchen lässt. Aber diese Verwunderung ist fehl am Platz, ebenso wie jeder verschwendete Gedanke möglichen Mitleides oder der Hoffnung auf Einsicht. Von frühester Jugend an werden die Töchter\* und Söhne\* der völkischen Bewegung abgerichtet in ihrem Glauben an die Ideologie des Rassenwahns, der eigenen Überlegenheit und der vermeintlich naturgegebenen Rolle der Geschlechter. Nur wenigen besonders Mutigen gelingt der Absprung und die Berichte dieser Mutige\*n zeigen, dass die verbleibenden an einer Argumentation, einem Gespräch mit Frauen\* und Männern\* außerhalb ihrer ideologischen Blase kein Interesse haben, ja sie sogar rundweg ablehnen, da die Außenstehenden eh nicht begreifen könnten, was wahr sei, und Argumente sie nicht zu erreichen vermöchten. Kampf gegen den Feind ist die einzige Sprache, die diese Gruppen sprechen, Kampf der einzige Weg, den sie gehen können.*
*Dies zeigt uns, dass ein Eingehen auf eine Diskussion mit Anhängern\*innen dieser Ideologie nicht nur vergeblich, sondern kontraproduktiv ist. Mit ihrer Sicht stellen sich diese Faschisten\*innen außerhalb jeglicher Erreichbarkeit und Diskussion. Der einzige Weg ist daher die Antidemokraten zu stellen und zu bekämpfen, wie*

*auch immer und wo auch immer. Das ist die einzige Sprache, die die Faschisten verstehen! Sprecht nicht, findet Wege für den Kampf ohne Rücksicht, ohne moralische Selbstzweifel – was die Krankheit heilt ist recht!*

*Vor diesem Hintergrund verwundert es nicht, dass wir nun erfahren, dass der NAZIOPA nicht nur inhumaner Faschist, sondern auch sexistischer Perverser ist! Vor diesem Hintergrund wundert es nicht, dass auch seine Enkelin getreu der Tradition des BDM sich hingibt und mitagitiert. Nur wenn wir wach bleiben und das Unkraut mit Stumpf und Stiel vertilgen, nur wenn wir dem Bösen Gesicht geben und ihm die Möglichkeit zur Artikulation nehmen, werden wir es stoppen, wird die Wahrheit siegen. Nur ein Grundsatz muss für den Widerstand absolut gelten: anständig, treu und solidarisch haben wir zu den Genossinnen\* und Genossen\* zu sein und sonst zu niemandem. Wie es dem Faschisten geht, wie es dem faschistischen Mädel geht, ist mir total gleichgültig.*

*V_E_N_C_E_R_E_M_O_S*

Mit nur auf den ersten Blick überraschender Kongruenz erschien nahezu zeitgleich auch ein Folgebeitrag im Blog *B.U.N.T.E.*, der den Geschehensablauf weiter antrieb und daher hier in der direkten Gegenüberstellung des vermeintlich Unvereinbaren, tatsächlich aber an der Wurzel Gleichen, ebenfalls wörtlich wiedergegeben werden soll:

*Liebe Freidenkende,*
*die Querfront von Systemmedien und ANTIFA marschiert wieder einmal gemeinsam gegen Wahrheit und Anstand.*
*Wer in den letzten Stunden die Berichterstattung der üblichen Verdächtigen von links-versifften Gutmenschenmedien und ihrer Helfer der roten SA – namentlich in Form des wohlbekannten ANTIFA-Propagandablogs Stichling – verfolgte, weiß wohin die Reise gehen*

*soll: der Freund Karl-Heinz Baum, der offen zu seinem teutschen Erbe steht, soll und muss zum Schweigen gebracht werden. Die Gutmenschen können die Wahrheit seiner Worte nicht ertragen und seine öffentlich artikulierte Meinung nicht dulden. Wir kennen das Vorgehen: ein Freidenker, der das offensichtliche auszusprechen wagt, wird an den Pranger des System gestellt. Karl-Heinz Baum soll für die wahren Worte, die er sprach, als Exempel und Abschreckung vernichtet werden.*

*Nachdem viele Freidenker, viele Freunde und Kameraden sich schützend vor den Freund Karl-Heinz gestellt haben, ist die Wahrheit, die er sprach, dem System umso unerträglicher!*

*Und da sie den Freund Baum, diese Teutsche Eiche freien Gedankens, nicht fällen und auch nicht einschüchtern können und da so viele von Euch den Ruf gehört haben, versuchen die Systembüttel nun seine Ehre und seine Familie zu besudeln. Denkt dran, liebe Freidenkende: das System und seine Querfront sind unerbittlich! Aber wir werden dem Zwang nicht weichen. Wir sind stark und werden jeden Tag stärker. Der Tag wird kommen, an dem wir in offenem Kampf aufstehen werden.*

*Heute, liebe Freunde und Kameraden, rufe ich euch nochmals auf: Stellt euch den Lügnern in den Weg. Unser Weg ist die Wahrheit. So wie wir sie hier sprechen und wie wir sie in Freundschaft und Verbundenheit zum Freund Karl-Heinz und seiner Enkelin gesprochen haben, als die anderen sich wegduckten. Zu uns ist Claudia gekommen und hat uns gebeten, für sie und unseren Freund Karl-Heinz einzustehen und das werden wir tun. Lasst uns nicht vergessen, dass unsere Ehre Treue ist und lasst uns in Treue zu unseren Freunden stehen!*

*Wenn ihr mehr erfahren wollt, abonniert den Wahrheitsbrief der B.U.N.T.E. hier.*

*Euer/Ihr*

*Julius-Erich Streicher*

# 27.

Doch nicht nur in den Gefilden des Digitalen und seiner Blogs und sozialen Netzwerke nahmen das Thema und die Auseinandersetzung um Karl-Heinz Baum – oder wohl eher die Auseinandersetzung, die Karl-Heinz Baum zu einer Projektion der eigenen Meinung machte – mehr und mehr Raum ein. Auch in die eher statischen Medien schwappte die Welle der Erregung. Die Vermesser, die die Klickzahlen sahen, konnten hier nicht zurückstehen in Erfüllung ihrer ureigensten Aufgabe: dem Wunsch, Quoten zu sichern. Allen voran – fast möchte man sagen *naturgemäß* – Steve Amse und sein *Alles-Amse*-Team, die sich zurecht als Ursprung der Bewegung fühlen durften und die verhindern wollten, diese quotenträchtige Stellung des Trendsetters zu verlieren.

Durch die Tatsache, dass kaum weiteres Filmmaterial vorlag, leicht gehindert, entschloss sich das *Alles-Amse*-Team, das Studio mit Fackeln auszuleuchten. Karl-Heinz' bereits in der vorangegangenen Sendung als Running Gag eingesetzter Satz *Dann bleibt mir nur die Fackel* wurde sechzehnmal eingespielt. Gleichzeitig führte der Moderator eine neue Assistentin in Gestalt einer Bikini tragenden jungen Dame ein, die als *meine flotte NAZI-Assistentin* bis auf Weiteres den bisher als Helfer regelmäßig vorgeführten übergewichtigen Herren ersetzen sollte. Steve Amse selbst trug zu Beginn der Sendung ein braunes T-Shirt mit dem Aufdruck *DEM ADOLF IHM SEIN NAZIOPA* und wechselte dies im Verlauf der Sendung wiederholt in andere, ebenfalls braune T-Shirts mit Aufdrucken wie *KÖLN ISTANBUL EGAL HAUPTSACHE ARABIEN – NAZIOPA-TOURS* oder *NAZIOPA KITCHEN – QUATSCH MIT BRAUNER SOßE*. Dicht gefolgt wurde das *Alles-Amse*-Team als Speerspitze der televisionären Berichterstattung von den Cousins dessen, was der Sender als *Nachrichten- und Informationssendung* bezeichnet. Da hier, der Verpflichtung zum Bildungsauftrag geschuldet, neben kontinuierlichen Berichten darüber, welcher sogenannte *Promi* sich mit welchem anderen stritt, ins Bett ging oder zu Themen der öffentlichen Moral oder des Trends äußerte, auch stets Berichte gesucht wurden, die man als *politisch* oder *zeitgeschichtlich* bezeichnen kann, rutschte die Berichterstattung über Karl-Heinz Baum, dank des Zusammenhangs mit dem als politisch gewerteten Thema *Nazi*, auf Platz 2 der RAF-Sendung *Paukenschlag, das Nachtmagazin für News, Promis und alles von Morgen.* In der publizistischen Wichtigkeit übertroffen wurde Karl-Heinz Baum einzig wiederum durch die bereits hinreichend erwähnte Schauspielerin und ihre Trennung vom ehemaligen Tennisspieler. Ausschlag bei dieser Gewichtung dürfte auch gespielt haben, dass von Claudia lediglich die bereits bekannten Bikinifotos gezeigt werden konnten (und gezeigt wurden), während die Schauspielerin zwischenzeitlich bekannt gegeben hatte, sich nach der Trennung in einer Datingshow unbekleidet auf die Suche nach einem neuen Partner machen zu wollen. Erste Aufnahmen hiervon, noch dezent ausgeleuchtet, waren an nachrichtlicher Relevanz natürlich nicht zu schlagen.

Doch betrachten wir den Beitrag des *Paukenschlags*, wenn er auch in der niedergeschriebenen Form natürlich an Eindringlichkeit einbüßt. Zur Wiedergabe im Rahmen des hier gewählten statischen Mediums soll wiederum in Anlehnung an die Filmtradition das besondere Format eines Drehbuchs gewählt werden. Eine Form, die auch deshalb besonders authentisch scheint, da die Sendergruppe des *Reality Alternatives Fernsehen* sich im Bereich der *scripted reality* zurecht als Markt- und Trendführerin sieht und diesen Zurschaustellungsstil kontinuierlich weiterzuentwickeln sucht.

Springen wir also in die Paukenschlagsendung vom Abend des 07. Juli 2014 direkt in den Anschluss des Beitrags über die frisch getrennte Schauspielerin:

INNENSTUDIO, NACHT

MODERATORIN im figurbetonten Minirock und MODERA-
TOR mit lila gefärbter Haartolle und passender Hornbrille stehen
vor Wand aus Bildschirmen, auf denen zeitgleich verschiedene
Filmbeiträge laufen.

MODERATORIN (aufgeregt/überschlagende Stimme):

Bei dem Anblick kann man ja zu Recht von Enthüllungsjourna-
lismus sprechen. Und ich wette, Daniel, du kannst es nicht erwarten,
hier Licht ins Dunkel zu bringen und mehr zu sehen. Wir drücken
natürlich die Daumen bei der Suche nach der großen Liebe und
werden garantiert als Erste über alles Wichtige berichten und alle
Details zeigen. Aber wir haben natürlich noch andere hot Hot-News
für euch, nicht wahr Daniel?

MODERATOR (ruhig/getragene Artikulation)

Ganz klar, Sonja. Unsere Paukenschlag-Reporter sind nicht faul
gewesen und haben sich auf die Spur von Naziopa Baum gesetzt.
Schließlich waren es unsere Frühstückskommando-Reporter und
Steves Team bei Alles Amse, die die Sache aufgedeckt und ins Rol-
len gebracht haben. Reality Alternatives Fernsehen investigativ
steht zu seiner Verantwortung. Was die Kollegen rausbekommen
haben, ist ganz schön aufregend, Sonja.

MODERATORIN (aufgeregt/lächelnd)

Dann lass uns das doch sofort angucken, Daniel. Bleiben Sie
dran, liebe Zuschauer. Nach nur einer Nachricht unseres Sponsors
erfahren sie von Jan-Hinnerk Kürten, unserem Reporter vor Ort,
wirklich Verblüffendes und alles weitere über den Naziopa.

WERBESPOT

AUSSEN VOR KÖLNER OLG, NACHT

REPORTER (Anfang 30, Typ junggebliebener Student mit Hornbrille)

Sonja, Daniel, wir stehen hier in der Neustadt Nord, wo im Gebäude hinter mir, dem Kölner Oberlandesgericht, gerade eine wei-

tere Pressekonferenz des für Staatsschutzdelikte zuständigen Oberstaatsanwalts Brökkers stattgefunden hat. Von hier sind es weniger als 5 Kilometer zur Keupstraße, wo vor gerade einmal einem Monat das Birlikte-Festival gefeiert wurde und in deren Nähe die Wohnung des mittlerweile berüchtigten Karl-Heinz Baum liegt. Zufall?

EINSPIELER KEUPSTRAßENTATORT ORIGINALAUF-NAHMEN VOM 09. JUNI 2004 UND VON DER BIRLIKTE-KUNDGEBUNG VOM 09. JUNI 2014

Kein Zufall, sondern Ironie und Mahnung der Geschichte ist die Tatsache, dass das Gebäude hinter mir in der Vergangenheit un-rühmliche Berühmtheit erlangte. Anfang März 1933 wurde es von Horden der SA und SS gestürmt, die alle Menschen, die auch nur vermeintlich jüdisch aussahen, zusammentrieben und verschlepp-ten.

EINSPIELER WOCHENSCHAU SS-AUFMARSCH

Man kann sich natürlich fragen, ob der, wie wir heute erfahren haben, früh mit der NSDAP sympathisierende Vater des Karl-Heinz Baum bei diesen Taten anwesend war und möglicherweise mitge-holfen hat.

KAMERA NAH AUF REPORTER

Aber hören wir, was die Staatsanwaltschaft zu den Vorkommnis-sen des Tages zu berichten hatte.

INNEN, PRESSEKONFERENZ STAATSANWALTSCHAFT, ABENDS

OSTA BRÖKKERS (entspannt lächelnd mit ruhiger fester Stim-me, das frisch gebügelte weiße Hemd mit aufgeknöpftem obersten Knopf und energisch hochgekrempelten Ärmeln signalisiert Tatkraft und Entschlossenheit)

Dank akribischer Ermittlungsarbeit der Staatsanwaltschaft ver-dichten sich zunehmend die Hinweise. Auch wenn Beweise im klassischen Sinne noch nicht gefunden werden konnten, hat sich der hinreichende Anfangsverdacht im Zuge der Ermittlungen hin zu einem konkreten Tatverdacht verdichtet.

ZWISCHENFRAGE AUS DEM HINTERGRUND

Konkreter Tatverdacht im Hinblick auf welche konkreten Straftatbestände?

OSTA BRÖKKERS (etwas rötlich anlaufend mit leichter Schweißbildung auf Stirn und unter den Achseln)

Es ist in dieser Phase der Ermittlungen sicherlich zu früh, konkrete Straftatbestände zu individualisieren. Hier bitte ich um Ihr Verständnis dafür, dass wir aus ermittlungstaktischen Gründen keine Ausführungen machen werden, die eventuelle Komplizen zur Verfolgungsvereitelung nutzen könnten. Vergessen Sie bitte nicht, welche Taten in der Vergangenheit unentdeckt blieben, nur weil den Ermittlungsbehörden die nötige Fantasie fehlte, die wahren Tatmuster zu erkennen und sie auf dem rechten Auge blind geblieben sind. Ich darf Ihnen versichern, dass sich das unter meiner Leitung nicht wiederholen wird.

ZWISCHENFRAGE AUS DEM HINTERGRUND

Heißt das, dass Tatbestände nur in der Fantasie der Staatsanwaltschaft bestehen?

OSTA BRÖKKERS (der Scheitel verliert Struktur; Schweißflecken unter den Armen deutlich sichtbar)

Die Staatsanwaltschaft hat hier auf verschiedene Anzeigen aus der wachsamen Öffentlichkeit hin den gesetzlichen Anforderungen folgend unter Hinzuziehung spezialisierte Kräfte der Kölner Polizei, des Landeskriminalamts und des Bundesamtes für den Verfassungsschutz und unter Einsatz modernster Digitaltechnik Ermittlungen aufgenommen und ich beabsichtige, nicht nachzulassen, bis diese Ermittlungen zu konstruktiven und belastbaren Ergebnissen geführt haben. Ich kann Ihnen versichern, dass sie das werden.

ZWISCHENFRAGE AUS DEM HINTERGRUND

Steht diese Intensität der Ermittlungen im Zusammenhang mit der Neustrukturierung der Wahllisten Ihrer Partei?

OSTA BRÖKKERS (stark pochende Halsschlagader; sehr rote Gesichtsfarbe; zieht sich Jackett über das zwischenzeitlich durchgeschwitzte Hemd)

Also hier kann ich nur zurückfragen: Wo waren Sie denn die letzten 24 Stunden? Haben Sie die Berichte in den verschiedensten Medien nicht zur Kenntnis genommen? Haben Sie die Reaktionen der breiten Bevölkerung nicht verstanden? Ich verwahre mich gegen derartige substanzlose Anschuldigungen – noch dazu aus der Menge heraus. Ein derartiges Vorgehen halte ich – auch aufgrund der Wichtigkeit des Themas – für völlig unangemessen. Ich denke, Sie sollten sich dafür schämen, wie Sie sich hier aufführen und völlig haltlose Vorwürfe unter Verdrehung offensichtlicher Tatsachen in den Raum stellen. Ich kann Ihnen versichern, dass mich und meine Beamten nichts aufhalten wird, bis wir den Erfolg dieser Ermittlungen sichergestellt haben. Schönen Abend allerseits!

OSTA BRÖKKERS (verlässt den Raum, große Unruhe, Blitzlichtgewitter)

AUSSEN VOR KÖLNER OLG, NACHT

REPORTER UND ATTRAKTIVE BLONDE FRAU (ca. Anfang 40, geschäftsmäßiger dunkler Hosenanzug, streng zum Pferdeschwanz gebundene Haare)

Sonja, Daniel, ihr seht, wie intensiv sich die Staatsanwaltschaft hier committet. Wir sind gespannt, wann es in dieser Sache zu den ersten Durchsuchungen und Verhaftungen kommen wird. Wir haben aus gut unterrichteter Quelle, die anonym bleiben will, erfahren, dass der Verfassungsschutz über seine V-Leute ein ganzes Netzwerk im Visier hat. Aktuell aber fokussieren sich die Ermittlungen natürlich auf den Haupttäter Baum. Neben mir steht Frau Dr. Ursula

Kröger, die uns als forensische Psychologin sicherlich erklären kann, was in einem solchen Menschen vorgeht und was ihn dazu gebracht hat, gerade heute aus der Anonymität der braunen Netzwerke in die Öffentlichkeit zu treten.

PSYCHOLOGIN

Nun, eine umfassende Analyse wird natürlich dadurch erschwert, dass ich mit dem zu bewertenden Subjekt oder ihm nahestehenden Personen nicht persönlich sprechen konnte. Eine psychologische Ferndiagnose entspricht grundsätzlich nicht dem Standard wissenschaftlicher Analyse. Aber nach allem, was wir bisher erfahren haben, beginnen sich klare psychologische Grundmuster herauszukristallisieren. Zunächst mal dürfen wir sicherlich als überragend wahrscheinlich konstatieren, dass das Subjekt der Bewertung durch die Umstände um den eigenen Vater folgenreich geprägt wurde. In der triangulierenden Beziehung zwischen dem Subjekt und den Eltern wurde früh, bereits in der prägenden Phase, durch Beschädigung und Verlust der Bezugsperson ein Ausleben des ödipalen Komplexes verunmöglicht. Diese frühe Frusterfahrung hat offensichtlich zu einer überkompensierenden Übersprunghandlung geführt, bei der das Subjekt, zunächst unterbewusst, die Täter der Zerstörung des Vaters an die Stelle dieser Bezugsperson bei der weiteren psychologischen und sexuell identitätsbildenden Entwicklung gesetzt hat.

REPORTER (unterbricht)

Klingt ganz schön kompliziert. Wenn ich das richtig verstehe, dann sagen Sie, dass Baum bereits in der Jugend zum Nazi mutiert ist, um dazuzugehören?

PSYCHOLOGIN

Nun, das ist etwas übersimplifiziert, aber man kann das sicher so sehen. Gerade die frühkindliche Phase und die beginnende Selbstwerdung in den Entwicklungsjahren bis zum Abschluss der …

REPORTER (unterbricht)

Frau Dr. Kröger, bitte lassen Sie uns das so formulieren, dass unsere Zuschauer das verstehen können. Sie sagen, Baum ist zum Nazi geworden, um dazuzugehören. Aber warum ist er dann ausgerechnet heute an die Öffentlichkeit gegangen? Denken Sie, dass das etwas mit dem Jahrestag des Keupstraßenanschlags und den Gedenkfeierlichkeiten des letzten Monats zu tun haben kann? Die Mitglieder des NSU haben ja auch Videos hinterlassen, in denen sie sich Ihrer Taten gerühmt haben, wenn ich das richtig erinnere. Glauben Sie, dass Baum auch etwas mit dem NSU und dem Anschlag zu tun hatte?

PSYCHOLOGIN (leicht irritiert)

Nun, genau kann man das natürlich noch nicht sagen. Aber der für das Coming-out gewählte Zeitpunkt und auch die Nähe zum seinerzeitigen Tatort sind natürlich signifikante Indizien. In der Tat wäre es nicht überraschend, wenn das Subjekt unserer Bewertung sich, wenn er an den Taten beteiligt war, was die Ermittlungsbehörden ja derzeit nicht auszuschließen scheinen, durch die Gedenkveranstaltungen zum Öffentlichmachen seiner bisher im wesentlichen klandestin gelebten Neigungen veranlasst gesehen hat. Auf Grundlage der eingangs von mir aufgestellten Hypothese würde der Wunsch nach Aufmerksamkeit, Zugehörigkeit und Anerkennung ja die wesentliche Triebfeder für das Subjekt darstellen. Diese Anerkenntnis der Taten wird durch die Art der Gedenkveranstaltungen dann geradezu paradigmatisch zurückgewiesen. Und aus dieser Zurückweisung kann das Subjekt natürlich die Motivation ziehen, gerade zum heutigen Zeitpunkt und auf die gewählte Art der Öffentlichmachung die Haupttäter zu emulieren.

REPORTER

Danke für diese sehr interessante Analyse, Frau Dr. Kröger. Ich bin sicher, sie wird auch den Behörden bei den weiteren Ermittlungen helfen und ich bin gespannt, welche weiteren Antworten wir in den nächsten Tagen noch erhalten werden. Nur noch eine Frage, mit der Bitte um kurze Antwort: Was sagen sie zur als flotte Claudia bekannt gewordenen Enkelin?

EINSPIELER BIKINIFOTOS CLAUDIA

PSYCHOLOGIN

Nun, da fällt mir aktuell nichts zu ein, aber dass man im Bikini vor die Presse tritt, lässt natürlich viel erwarten.

REPORTER

Vielen Dank, Frau Dr. Kröger, auch da darf man gespannt sein, was noch so alles zutage treten wird. Sonja, Daniel, ihr seht, dass das Thema Naziopa Baum sicherlich gerade erst am Anfang steht. Das war Jan-Hinnerk Kürten für Paukenschlag mitten drin.

INNEN STUDIO NACHT

MODERATOR

Vielen Dank Jan-Hinnerk.

Das war unser Reporter Jan-Hinnerk Kürten für Paukenschlag mitten drin. Wir werden sicherlich noch viel von ihm hören. Aber nun zu etwas ganz anderen …

Nicht nur im *Paukenschlag* und ähnlich gearteten Enthüllungsmagazinen fand Karl-Heinz Baum an diesem Abend des 07. Juli 2014 Erwähnung. Auch die Nachrichtsendungen der sogenannten *öffentlich-rechtlichen Qualitätsmedien* kamen in den Spätnachrichten nicht umhin, über das Thema, wenn auch deutlich kürzer, zu berichten, wie der nachfolgende Auszug aus der Spätausgabe der Tagesschau zeigt:

INNEN STUDIO, NACHT

MODERATOR (ordentlich gescheitelt, in beigem Sakko)

In Köln sind heute die Ermittlungsbehörden durch einen Beitrag aus den sozialen Netzwerken auf einen möglichen Neonaziring aufmerksam geworden. Die Staatsanwaltschaft hat in diesem Zusammenhang wegen verschiedener nicht näher dargelegter Verdachtsmomente und einer möglichen Verbindung zu den Taten des NSU die Ermittlungen aufgenommen.

## 28.

Dem aufmerksamen Betrachter wird aufgefallen sein, dass im Rahmen des Berichts auch Kleinigkeiten und Stimmen, deren Relevanz auf den ersten Blick zweifelhaft erscheinen mag, Erwähnung finden. Wie einleitend angekündigt, prägt die Vielzahl von Quellen und Informationen die Aufgabe des Betrachters, ein Bild zu gewinnen. Darum soll auch das im Beitrag des *magazin* verlinkte Interview mit dem Starlet Nadine Bild hier nicht außen vor gelassen werden. Dies umso mehr, als Nadine zwar seinerzeit die Möglichkeiten zur öffentlichen Darstellung, die ihr geboten wurden, dankbar und hilfsbereit nutzte, sie aber, wie sich in der Zukunft zeigen wird, später ebenfalls dieser Öffentlichkeit zum Opfer fällt. Der Leser wird sich vielleicht an das Schicksal, dass sie nach Durchlaufen mehrerer sogenannter *Casting Formate* und *Reality Shows* erwartet, erinnern. Das Ende des medialen Verwertungszyklus folgte für Nadine Bild erst, nachdem ihre Privatinsolvenz und ihr Alkoholentzug sie noch einmal in den Fokus der Betrachtung zurückgeworfen hatten. Von all dem aber ahnte sie zum Zeitpunkt ihres Interviews naturgemäß nichts, sondern sah wohl einfach die Chance, ein wenig unverhoffte mediale Aufmerksamkeit zu erhalten.

Und so wird durch dieses Beispiel auch, über den konkreten Einzelfall unserer Erzählung hinaus, der einleitend erwähnte Satz, nach dem viele an der Bewegung teilnehmen, einige sie zu ihrem Vorteil nutzen und andere von ihr zerstört werden, durch das Beispiel belegt.

Mehr noch können selbst die, die die Bewegung einmal genutzt haben, sich nicht sicher sein, nicht selbst in den Strudel zu geraten.

Nutzen wir nach diesen einleitenden Worten schlicht die Gelegenheit, quasi auf den angebotenen Link zu drücken und zum reichlich mit offenherzigen Abbildern versehenen Interview zu kommen. Die, die in Erinnerung haben, wie es mit Nadine Baum weiterging, werden sich erinnern. Die, die dies nicht tun, mögen ihre Fantasie bemühen.

## *DAS BILD-INTERVIEW: NAZISCHLAMPEN, SEXORGIEN UND MUKKE*

*Unser Reporter auf der Promi- und Partyinsel trifft Nadine Bild zum exklusiven Interview in ihrem Hotel. Im magazin spricht sie unverhüllt über ihre Gedanken, Hoffnungen und Wünsche, natürlich über ihre Beziehungen und Sex, Sex, Sex.*

**Nadine, Du lebst derzeit hier auf Mallorca, warum und was macht die Insel für Dich so besonders?**

*Ja, ich lebe hier seit drei Monaten. Bisher gefällt es mir sehr gut. Das Wetter ist toll und die Leute sind super drauf. Ist halt der sonnigste Teil Deutschlands (kichert). Ich habe schon jede Menge Freunde gefunden. Und natürlich gibt es hier auch die ganzen geilen Partys und Promis. Einfach Spitze.*

**Und beruflich?**

*Beruflich geht hier auch einiges. Ich habe gerade einen neuen Song fertiggestellt, mit dem ich bei den ersten Auftritten gut angekommen bin. Ich singe jetzt deutsche Stimmungsmusik für die Partymeile in Palma. Da geht die Luzi ab, kann ich Dir sagen. Da wär man nach dem Auftritt nassgeschwitzt, wenn ich nicht eh wet T-Shirt machen würde bzw. dann nach der Hälfte ganz ohne. Aber ich denke, dass das jetzt mal so eine Phase ist. Das mache ich für diese Saison und dann will ich mich schauspielerisch weiterentwickeln.*

Man kann ja schon auch Kontakte knüpfen hier. Ich habe bereits mehrere interessante Produzenten und so kennengelernt, die versprochen haben, mir bei der Kariere zu helfen. Und die Publicity ist ja auch geil.

**Diese Produzenten, was verlangen die denn so?**

(Kichert) Na ja, nix ganz Krasses jedenfalls. So das Übliche halt. Nur der Ansgar, der ist schon ein bisschen ... (kichert weiter).

**Wie heißt denn Dein neuer Song?**

»Ich will Mallorca, nie mehr Mannheim.« Ein Lied über eine Liebe zur Sonne und zum Süden, statt der deutschen Spießigkeit. Sommer statt grauer Herbst halt.

**Wie war denn das Einleben hier sonst so? Hast Du schon spanische Freunde?**

War alles easy. Ein Zimmer hat mir mein Agent besorgt und der hat sich auch um alles sonst gekümmert. Alles total smooth. Mit den Spaniern ist das allerdings so 'ne Sache. Spanisch kann ich ja gar nicht. Aber mit Deutsch geht hier ja auch alles. Da braucht man gar nichts anderes. Und die Spanier freuen sich ja auch. Ohne unser Geld liefe hier doch gar nix. Da können die sich schon mal Mühe geben, finde ich.

**Und in der Liebe?**

Ich sag mal so: Das ist hier nicht der Ort für nur einen Kerl. Ich lerne ja jeden Abend tonnenweise hammergeile Jungs kenn. Wenn ich da so nass und nackt oben auf der Bühne stehe und unten tobt die Menge ... na ja, kannst Du Dir ja vorstellen.

**Hier bei Dir im Hotel wohnt ja auch die Enkelin vom Naziopa. Hast Du das mitbekommen und was sagst Du dazu?**

Also wirklich, das geht gar nicht. Wie kann man nur so sein? Die liegt hier in ihrem Bikini am Pool rum und lässt sich begaffen. Eine moderne Frau sollte sich nicht so zum Sexobjekt machen lassen, finde ich. Und das mit dem Naziopa ist ja auch pervers. Alte Säcke, *die junge Mädels benutzen. Das muss doch wirklich nicht sein! Und dann Nazis. Denen fehl einfach jeder Respekt vor ihren Mitmenschen und anderen Kulturen. Schlimm! Wirklich schlimm!!*

**Hast Du Dich mal mit ihr unterhalten?**

*Mit der? Nö, will ich ja auch gar nicht. Solche Leute gehen doch gar nicht. Die sollen lieber wegbleiben.*

So viel zum Interview und zu Nadine Bild. Der Vollständigkeit halber soll lediglich der Hinweis nicht fehlen, dass es sich bei der obigen Wiedergabe um die Originalversion des Interviews handelt, die lediglich für acht Tage in dieser Form auf der Internetseite des *magazin* zu finden war. In späteren Veröffentlichungen war der Hinweis auf *Ansgar* gelöscht. Es bleibt auch insoweit der Fantasie des Lesers überlassen, sich die Gründe, die zu diesem kommentarlosen Löschen geführt haben mögen, auszumalen. Ebenso unbeantwortet muss die Frage bleiben, ob es sich bei besagtem *Ansgar* um den bekannten Medieninvestor gleichen Vornamens handeln mag. Frau Bild jedenfalls war hier zu keinem weiteren Kommentar bereit und hat stattdessen auf die Bitte um Klärung lediglich angegeben: »Lass mich bloß in Ruhe! Ich will keinen Ärger und mein Anwalt sagt, dass es auch gar keine Beweise gibt.«

Mit diesen Schilderungen soll dieser Nebenschauplatz des Berichts letztlich sein Befinden haben.


# 29.

Die obigen Veröffentlichungen geben selbstverständlich nur einen kleinen Auszug aus dem Crescendo der stetig anwachsenden Meinungswelle wieder, die an diesem Montag über Karl-Heinz Baum hinwegbrach. Gerade 24 Stunden waren zu diesem Zeitpunkt vergangen, seit der ersten launigen Ausstrahlung des lustigen Lücken-füllerbeitrags mit *Irgendwas mit Nazis* bei *Alles Amse.*

Zu diesem Zeitpunkt, am Abend des 07. Juli 2014, war die Zahl der im Internet unter dem Suchbegriff *Karl-Heinz Baum* auffindbaren ausgewiesenen Beiträge auf 7.472 angewachsen. Im Vergleich dazu war bis zu diesem Zeitpunkt der Name nur einmal im Zusammenhang mit Karl-Heinz' Beteiligung an der Organisation eines Gemeindefests seiner Kirchengemeinde, dessen Ertrag zugunsten Syrischer Kriegsflüchtlinge gespendet wurde, zu finden gewesen.

Und so ging der Tag zu Ende, wie er begonnen hatte. Und der nächste begann, wie der vorherige endete:

**GEnsslin** Steffi Richter sieht mal wieder klar. Opa Nazi = Enkelin Nazi. Hätte man die mal rechtzeitig zu Pflegeeltern gegeben. Jetzt ist es zu spät für die Sippe. Jetzt hilft nur noch Aktion.
*7. Juli 2014 um 21:09*
**G. Keinname** Nazibrut, die nur aus dem Schatten hetzen kann. Gut, dass man die geoutet hat. Jetzt könnt ihr euch nicht mehr verstecken und wir wissen wer ihr seid. Feige Bande!!
*7. Juli 2014 um 21:17*
**Gabriel Link** das pack sollte man rückstandsfrei entsorgen. Ich hoffe mal, dass sich bald eine putzgruppe findet, die das gut und gerne übernimmt!
*7. Juli 2014 um 21:27*

> **MediIndi** da kannst du drauf wetten. wir wissen, wo wir den dreck finden und dann wird er weggeputzt.
> *7. Juli 2014 um 21:34*
> **Mitteldeutscher:** Trau Dich ruhig. Wir haben schon lange keine Angst mehr vor der Antifa. Ihr kriegt früh genug auf die Fresse.
> *7. Juli 2014 um 22:02*

**F.Leistner** Klar, dass von braunen Schlägern nur Gewaltdrohungen kommen. Aber wir sammeln alles und ihr wisst nie, wann wir kommen und euch holen. Über den Naziopa wissen wir alles!! Über Dich bald auch.

*7. Juli 2014 um 23:19*

**G. Prinz** Bin schon gespannt, was RAF gleich im Paukenschlag für weitere Schlagzeilen bringt. Die werden den Naziopa und seine Bande schon treiben.

*7. Juli 2014 um 21:43*

**WolfN.** Jode naach, naziopa. wer nur hass säht, dä weiß, dat jewalt druss entsteht. ihr sitt äch widderlich!

*7. Juli 2014 um 21:51*

**Friedrich Frey** Man darf gespannt sein, was die Hetzer und Schmierer der Systemmedien noch auffahren. Kameraden, steht zusammen. Je mehr sie hetzten, desto fester stehen wir.

*7. Juli 2014 um 21:52*

> **Maria Schneider-Gunzmann** Selber Hetzer und Schmierer! Die Wahrheit über euren Naziopa-Helden könnt ihr nicht mehr verstecken. Schritt um Schritt geht es in den Abgrund mit ihm und seinen Schergen.
>
> *7. Juli 2014 um 22:23*
>
> **Henning Birkberg** querfront
>
> *7. Juli 2014 um 23:22*

**Lennie Luxator** wen findet ihr schärfer? Opas Nazimädchen oder Nadine Bild?

*7. Juli 2014 um 22:23*

> **Bernd Bond** Zwei geile Schlampen! Flotter Dreier und dann dem Naziflittchen ordentlich den A... versohlt. Schlampen!!!!
>
> *7. Juli 2014 um 23:43*

**Lulu Love** Jawoll. Fick den Nazi aus der Tussi raus. Die muss doch nur mal ordentlich rangenommen werden!
*8. Juli 2014 um 00:17*

**DickvanPhuket** Ich nehm die flotte Claudia. Die Bild macht doch für Kohle alles – schäbig sowas.
*8. Juli 2014 um 00:38*

**DonPolla** Die haben es doch beide ganz schön nötig, die Schlampen! Würde mich ja nicht wundern, wenn das Nazimädchen Opa ab und an glücklich macht. Aber happy ending wird nun nix mehr!
*08. Juli 2014 um 01:38*

**C. Schlau-Meier** Steve is ja echt geil drauf. Hamma! Ich kack mich an.
*7. Juli 2014 um 22:44*

**Didi Soccer** Wort! Ich hab mir gleichmal ein paar von den geilen Shirts bestellt. KÖLN ISTANBUL EGAL HAUPTSACHE ARABIEN – NAZIOPA-TOURS ist echt das Beste. Ist der Naziwichser doch noch für was gut.
*7. Juli 2014 um 22:52*

**Maria Schneider-Gunzmann** NAZIOPA KITCHEN – QUATSCH MIT BRAUNER SOßE Ich lach mich weg! Den Naziopa der Lächerlichkeit preisgeben. Sehr gut!
*7. Juli 2014 um 22:47*

**LuisaA.** Also ich finde das alles nicht lustig. Wo bleiben Empathie und Anteilnahme? Ich wette, die Opfer lachen nicht über das Nazischwein Baum, den widerlichen Volksverhetzer.
*7. Juli 2014 um 23:34*

**Maria Schneider-Gunzmann** Einerseits verständlich Deine Reaktion. Andererseits darfst Du meine Äußerung nicht aus dem Kontext reißen. Ich lache nicht mit

87

ihm, ich verlache ihn. Nur im Kontext wird eine Äußerung klar. Wüsste man nicht, dass Baum ein unverbesserliches Nazischwein ist, könnte man zum Beispiel seine Äußerungen relativieren. Kontext! Das unterscheidet uns schließlich vom Faschismus!!!!

*7. Juli 2014 um 23:57*

**LuisaA.** Daran werde ich mich halten. Besonders bei Nazischweinen, wie dem Baum. Da brauchen wir nicht mehr zu wissen, als dass er ein Nazischwein ist. Egal, welche Entschuldigungen und Erklärungen er versucht. Und wer ihn entschuldigen will, ist natürlich auch ein Nazi. Kontext!

*8. Juli 2014 um 00:07*

**Maria Schneider-Gunzmann** Genau. Good Girl. Immer selbst denken und auf die hören, die es besser wissen.

*8. Juli 2014 um 00:43*

**LuisaA.** DANKE!

*8. Juli 2014 um 00:51*

**A. Ohnesorge:** Trauriger Naziopa. Irgendwie kann ich den nicht mehr sehen. Nimmt mir den ganzen Spaß. Dreckschwein!

*7. Juli 2014 um 22:58*

**AloisBavariä** Dreckspreißn. Scheißnationalisten und Rassisten gehören an die Wand gestellt!

*7. Juli 2014 um 23:12*

**C.G. Freud** Die TV-Psychologin war ja ganz schön zurückhaltend. Die Fakten sprechen meiner Analyse folgend (DSM-5) klar für eine Cluster-A-Persönlichkeit in Form einer malignen narzisstischen Persönlichkeitsstörung (NPS), verbunden mit schwerer emotionaler Instabilität, die zu paranoiden, schizoiden aber auch dissozialen Phasen führen kann.

*7. Juli 2014 um 23:28*

**BGoldwasser** Analytisch und diagnostisch einwandfrei. Auch die emotional instabilen Phasen im Video und in den Aufnahmen bei der Ingewahrsamnahme, die lehrbuchmustergültig einen verwirrten Menschen zeigen, sprechen eindeutig für einen Borderline-Typ F60.31 nach ICD-10. Darum gehört er zum eigenen Schutz in Verwahrung genommen.

*8. Juli 2014 um 00:26*

**C. Schlau-Meier** Klare Sache. Sehe ich genauso! Wo kommen wir denn da hin, wenn so einer draußen rumlaufen darf? Das hatten wir doch ab 33 alles schon mal. Naziopa ist bekloppt und gehört in Schutzhaft.

*8. Juli 2014 um 00:53*

**Kurt Gri** überlaßt ihn mir ich wohne in der keupstraße und ich weiss was ich zu tun habe mit so drecknazischwein

*7. Juli 2014 um 23:34*

**T. Eicke** onkel schwul und von den nazis totgeschlagen und opa ist nazi und dann bestimmt auch schwul – liegt doch in den gänen – das ruft nach ner neuen nacht der langen messer

*7. Juli 2014 um 23:52*

**G. Prinz** Ach, wäre doch die gute alte Zeit. Was würde ich den ans Kreuz nageln. Die Zeitungen sind doch heute alle viel zu brav geworden.

*7. Juli 2014 um 23:57*

**Z.Mahatmapech** Sau. Wir kriegen Dich!!!!

*8. Juli 2014 um 00:00*

**Böhmer** mann du ziegenficker bist doch eh nur sackdoof, feige und verklemmt.

*8. Juli 2014 um 00:01*

# 30.

Was die Zielscheibe all dieser medialen Aufgeregtheit betrifft, so ist auch bei größter Rechercheanstrengung nicht ermittelbar gewesen, wie Karl-Heinz die Geschehnisse wahrgenommen und wo er sich seit seiner Rückkehr nach der polizeilichen Vernehmung am Montagnachmittag aufgehalten hat. Auf die PHMs Muedig und Millowsky wirkte er auf der Rückfahrt seltsam abwesend, so als »habe das Ganze gar nichts mit zu tun«. Während Muedig das mit »einer Art Schockstarre« erklärt, ist Millowsky sich sicher, »dat der arme Kerl da schon beschlossen hatte, wat er tun würde«. Hat er sich an die Geschichten seiner Kindheit erinnert? Darüber, wie es seinem Vater ergangen ist? Darüber, was dieser und was die Mutter und Großmutter über Vater und Onkel und ihre Erlebnisse erzählt und verschwiegen haben? Es wird sich wohl nicht klären lassen, da keine Aufzeichnungen oder Zeugen aus diesen Stunden auffindbar sind.

Nicht klären lassen wird sich auch die Frage, ob Karl-Heinz wirklich als die Hauptperson der Geschehnisse angesehen werden kann oder nicht nur als auswechselbarer Auslöser – dankbar gefunden von denen, die wirklich in die Aufmerksamkeit drängen.

Wäre dies ein Roman, käme nun vielleicht ein Moment, in dem man erzählen könnte, der Protagonist hoffe, es werde alles noch gut werden. Man nimmt an, der Leser wünschte sich ein derartiges Zeichen der Hoffnung, der Erlösung, oder zumindest tröstliche Einsichten oder Worte. Als sicher kann gelten: Der Literaturkritiker wünscht einen unerwarteten Konflikt, eine größere Klarheit oder zumindest eine epische Entwicklung von Inhalt oder Sprache.

All dies vermag der Berichtende und vermag der Bericht indes nicht bieten. Stattdessen sei zu diesem Moment des Berichts nochmals darauf verwiesen, dass der Tod von Karl-Heinz unausweichlich und der Weg dahin zutiefst trivial war und dass sich Klarheiten trotz der umfassenden Quellen verbieten. Einzig die Quellen der Kommunikation, als deren Ziel sich Karl-Heinz in diesen Stunden gefühlt haben muss, können hier verlässlich erfasst werden: Die Anruferliste von Karl-Heinz' Handy belegt für den Zeitraum am Montag zwischen 15:40 und 20:23 Uhr insgesamt 143 Anrufversuche, davon 74 mit unterdrückter Rufnummer. Aufgrund deaktivierter Mailbox kam es dabei zu keinen hinterlassenen Nachrichten. Im selben Zeitraum erhielt Karl-Heinz 84 SMS-Nachrichten, die sich im Wesentlichen aus Rückrufbitten und Beleidigungen zusammensetzten, sowie 149 Mails mit ähnlichem Inhalt. 24 Anrufe und 32 Nachrichten kamen von Karl-Heinz bekannten Personen.

Am 07. Juli 2014 um 20:24 Uhr wurde das Handy aus- und dann nicht wieder eingeschaltet. Anhand der Log-Dateien von Karl-Heinz' Computer lässt sich rekonstruieren, dass dieser die gesamte Zeit hochgefahren blieb und Karl-Heinz eine Vielzahl von Internetseiten besuchte. Es darf davon ausgegangen werden, dass Karl-Heinz den Nachmittag und Abend allein zu Hause verbrachte und hier die zunehmende Berichterstattung in und außerhalb des Internets verfolgte. Jedenfalls fanden sich in seiner Wohnung Ausdrucke verschiedener Veröffentlichungen im Papierkorb. Aufgrund der Tatsache, dass der chronologisch letzte Ausdruck einen Artikel aus der Rubrik *Vermischtes* des Internetauftritts einer ansonsten als besonders seriös und investigativ geltenden Wochenzeitschrift betraf, der um 2:54 Uhr online gegangen war, erscheint es ebenfalls hinreichend wahrscheinlich und auch menschlich wenig überraschend, dass an Schlaf für Karl-Heinz offensichtlich nicht zu denken war.

# 31.

Im Fluss der Ereignisse sind wir zwischenzeitlich am Morgen des 08. Juli 2014 angekommen. Der Tag würde weniger sonnig als die vergangenen werden; die morgendlichen Nachrichten berichteten von einer erneuten Eskalation im Nahen Osten, weitergeführten Beratungen der EU-Minister zum Thema *Flüchtlingspolitik*, einer erwarteten Einigung im Tarifstreit der Stahlindustrie, der fortdauernden Abwicklung der österreichischen *Alpe Adria Bank* und unbestätigten Berichten über eine bevorstehende Großrazzia in rechtsextremen Gruppierungen durch die Kölner Staatsanwaltschaft. Inwieweit dies im Zusammenhang mit dem für die kommende Woche angekündigten vorzeitigen Ruhestand des für das aktuelle NPD-Verbotsverfahren zuständigen Richters am Bundesverfassungsgericht stand, ließen verschiedene Kommentatoren bewusst offen.

Claudia Baum traf überraschend pünktlich um 7:05 Uhr am Kölner Hauptbahnhof ein und nahm ein Taxi zur Wohnung ihres Großvaters. Noch während der Fahrt telefonierte sie, wie sich anhand ihrer Verbindungsdaten problemlos rekonstruieren lässt, mit Kemal Yadrissi. Über den genauen Inhalt liegt zwar keine Aufzeichnung vor und sowohl Claudia als auch Kemal Yadrissi geben an, keine genaue Erinnerung an das Gespräch zu haben, es lässt sich aber immerhin der von Claudia verfolgte Zweck relativ genau nachvollziehen. Der Taxifahrer, der Claudia anhand der veröffentlichten Bikinifotos sofort erkannt und aufmerksam beobachtet hatte, versuchte im Anschluss an die Fahrt, einen Bericht über das Gehörte an einen Redakteur des *magazin* zu verkaufen. Dieser zeigte zwar kein Interesse am Erwerb der Informationen, hat aber immerhin eine kurze Notiz über das Gespräch zur eventuellen späteren Klärung verfasst. Hiernach kann es als gesichert gelten, dass Claudia, die Kemal bereits vorher kontaktiert und um Hilfe gebeten haben muss, ihn nochmals eindringlich bat, ihrem Großvater zu helfen und sie und Karl-Heinz so schnell als möglich in dessen Wohnung zu treffen, damit man besprechen könne, was zu tun sei gegen all das *Lügengeschwätz*. Ein wohl von Kemal Yadrissi vorgeschlagenes Treffen in seiner Gastwirtschaft zu Frühstück und Kaffee wurde von Claudia unter Verweis darauf, dass die »Wände Ohren und Augen« hätten, abgelehnt. Kemal muss in diesem Zusammenhang nochmals insistiert haben, da Claudia ihm ausweislich der Aktennotiz ausdrücklich bestätigte: »Ich übertreibe nicht. Ich sage dir, sie sind überall, Augen und Ohren.« Anschließend bat sie ihn nochmals darum unbedingt zu kommen, da sie das Schlimmste befürchtete.

## 32.

Nun ist es dem Leser hinlänglich bekannt, dass dieses *Schlimmste* zum Zeitpunkt des Telefonats bereits nicht mehr verhindert werden konnte und es keine 36 Stunden mehr dauern sollte, bis die Polizei Karl-Heinz Baums Leiche finden würde. Aber das konnten naturgemäß weder Claudia noch Kemal Yadrissi zu diesem Zeitpunkt wissen.

Es soll hier aber nicht vorenthalten werden, dass Claudia und Karl-Heinz Baum in den folgenden Stunden weitere Schrecken bevorstanden. Ein Hinweis, den medienerfahrene Leser sogleich als das erkennen werden, was er ist: einen klassischen sogenannten *Teaser*, um genau das zu tun, was man nur auf eigene Verantwortung tun kann: weiterlesen. Darum, auch wenn es für den splatter- und horrorerfahrenen Leser nicht wirklich beeindruckend werden mag: *Warning graphic content – educational guidance!* Das Versprechen und derart reißerische Ankündigungen eingehalten werden, wenn schon Sex nicht als Argument genutzt werden kann, wird keiner ernsthaft erwarten.

So war Claudia bei ihrem Eintreffen in der Wohnung ihres Großvaters um 7:29 Uhr über dessen Zustand mehr als bestürzt. Karl-
Heinz saß, als Claudia sich, nachdem ihr auf mehrfaches Klingeln
nicht geöffnet worden war, mit ihrem Zweitschlüssel Zugang zur
Wohnung verschafft hatte, vor einem Stapel ungeöffneter Schreiben
und dem eingeschalteten Computer und starrte auf ein an der Wand
hängendes Foto seines Vaters. Bei den ungeöffneten Schreiben han-
delte es sich um 18 Briefe, die Karl-Heinz, der sonst so gut wie nie
Post erhielt, am fraglichen Morgen in seinem überquellenden Brief-
kasten vorgefunden hatte. Vergeblich versuchte Claudia, die ungeöffneten Umschläge an sich zu nehmen, um Karl-Heinz weiteren
Schrecken zu ersparen. Dieser umklammerte die Umschläge jedoch
zunächst und begann kurz darauf, unter schweren Seufzern, sie
einen nach dem anderen mit einem Küchenmesser zunächst ordentlich zu öffnen, die Schreiben zu entnehmen, glatt zu streichen und
sodann eines nach dem anderen, ohne weitere erkennbare Reaktion
oder Äußerung, nicht nur zu lesen, sondern penibel zu studieren.

Auf eine Wiedergabe der genauen Inhalte der Briefe, die sich
unter den Asservaten der Kölner Polizei befinden, soll hier verzich-
tet werden. Um es kurz, oder noch besser *statistisch* zu machen:
Von den insgesamt 18 Briefen enthielten

- sieben Schreiben direkte Drohungen gegen Karl-Heinz und zum
  Teil sehr drastische Hinweise darauf, was man dem *Naziopa* an-
  tun werde, sobald man seiner habhaft würde,
- vier Briefe zum Teil ausführliche psychologisch oder religiös
  geprägte Hilfsangebote, mit denen Karl-Heinz auf den rechten
  Weg zurückfinden und seine Probleme bzw. Besessenheiten ku-
  rieren könne,
- fünf der Schreiben einen sexuellen Schwerpunkt, wobei zwei
  auf das Thema sexueller Avancen gegenüber jungen Damen und
  drei auf homosexuelle Praktiken eingingen (sämtliche dieser

Schreiben waren Fotografien beigefügt, die explizite Abbildungen der angesprochenen Praktiken zeigen),

- zwei der Schreiben, die mit *Sieg Heil!* begannen und mit *deutschem Gruß* schlossen, den aufmunternden Rat, statt der Fackel doch lieber eine Kanone gegen die *Kanacken* zu benutzen bzw. für genug Brandbeschleuniger zu sorgen, damit die *»Fakel heiß genug brent, wenn sie die Niger mores leeren«*.

Um die statistische Auswertung weiter zu detaillieren, kann noch angegeben werden, dass 90 % der Schreiben per Computer erstellt und 10 % handgeschrieben waren; 13 Schreiben enthielten eine Vielzahl von Grammatik- und Orthografiefehlern, 5 waren stilistisch einwandfrei; keines der Schreiben enthielt einen Absender.

Einen Zettel, der von außen an die Wohnungstür geheftet war, hatte Claudia noch vor dem Betreten der Wohnung an sich genommen und konnte ihn so verheimlichen: *Baum, ich bin näher als Du denkst und beobachte jeden Deiner Schritte! Du wirst Deiner gerechten Strafe nicht entgehen! Ich warne Dich!* stand in akkuraten Druckbuchstaben darauf.

## 33.

Knapp 20 Minuten nach Claudias Eintreffen (für die besonders gewissenhaften Leser: um 7:47 Uhr) klopfte es eindringlich an der Wohnungstür. Claudia, die gerade versuchte, Karl-Heinz davon zu überzeugen, den Computer herunterzufahren und etwas zu frühstücken, erschrak eingedenk der Ankündigung auf dem Zettel in ihrer Tasche und verschüttete bei dieser Gelegenheit den frisch für Karl-Heinz aufgebrühten Kaffee über die ausgebreiteten Briefe. (Die auf den Asservaten befindlichen Flecken sind noch heute deutlich als Kaffee erkennbar.)

Da Karl-Heinz auf das Klopfen nicht reagierte und stattdessen die Schreiben, nach notdürftigem Abwischen des Kaffees, weiter studierte, entschloss sich Claudia gleichwohl, ohne weitere Rückfrage die Tür zu öffnen. Vor der Tür stand Kemal Yadrissi, dem ein das Haus verlassender Nachbar, nicht ohne kritischen Blick, die Haustür geöffnet hatte.

Es erscheint einigermaßen erstaunlich, dass weder Claudia noch Yadrissi erstaunt waren, als sie nun, ohne an irgendeine Form des Eingreifens zu denken, beobachteten, wie Karl-Heinz zunächst die von ihm gerade noch fast liebevoll geglätteten Schreiben akkurat in kleine Stücke zerriss und sodann sämtliche im Raum befindliche Fotografien aus den Rahmen nahm, die Rahmen ohne erkennbare Erregung an die Wände warf und die Fotografien anschließend ebenfalls zerriss und in den neben dem Computer befindlichen Papierkorb stopfte. Lediglich das bereits angesprochene Bild seines Vaters ließ Karl-Heinz dabei aus. Dabei wirkte er so ruhig und planvoll, dass weder Claudia noch Yadrissi ihn bei seinem Tun unterbrachen und stattdessen, nachdem Karl-Heinz sich nach Vollendung des Werkes ruhig wieder auf seinen Platz am Computer gesetzt hatte, minutenlang auf die von den abgehängten Rahmen auf der Wandtapete hinterlassenen Verfärbungen starrten.

Wiederum der besonders aufmerksame Leser mag sich fragen, wie es kommen kann, dass die so akribisch von Karl-Heinz zerrissenen Schreiben lesbar bei den Asservaten der Polizei liegen. Dieser vermeintliche Fehler des Berichts lässt sich dadurch erklären, dass die Beamten auf der Suche nach verwertbaren Erkenntnissen sämtliche Schreiben nachträglich wieder zusammengesetzt haben. Da Claudia sich insoweit sicher ist, dass sie den Papierkorb am Dienstagnachmittag im Versuch etwas »Ordnung zu schaffen« in den Hausmüll gelehrt hatte, ist davon auszugehen, dass hier ein Ergebnis der intensiven Beobachtung von Karl-Heinz durch die Behörden zu erkennen ist. Der Anweisung von Oberstaatsanwalt Brökkers, man solle »jeden Stein umdrehen und jeden Dreck und Müll von Baum genau unter die Lupe nehmen«, ist offensichtlich wortgetreu Folge geleistet worden.

## 34.

Viele haben Vermutungen angestellt, wann sich bei Karl-Heinz die Abscheu gegen die Verhältnisse und ihre Verursacher, die er sicherlich empfunden haben muss, in verzweifelte Abscheu gegen die eigene Existenz gewandelt haben mag. Manche denken, dass Karl-Heinz schon vor den Ereignissen mit seinem Leben abgeschlossen hatte, andere, dass ihn bereits seit dem ersten Morgen und den vorangegangenen Kommentaren der Lebensmut vollends verlassen hatte. Wiederum andere halten die Darstellungen gegen seinen, von ihm selbst hoch verehrten Vater, für den Auslöser seiner endgültigen Verzweiflung. Was genau den Ausschlag gegeben hat und wann der Entschluss feststand, wird sich nicht klären lassen. Gewiss ist aber, dass sich mit der zunehmenden Flut der Anwerfungen etwas in ihm angestaut hat, dass keinen anderen Ausweg finden konnte, als einen Akt der Gewalt. Wie er selbst seiner Enkelin gegenüber äußerte: »Es sind so viele. Überall sitzen sie und werfen ihren Schmutz. Versteckt oder offen ist doch egal. Wie soll ich mich dagegen wehren? Ich kann doch schlecht all die Schweine erschießen – so gerne ich das manchmal würde. Wenn es wenigstens ein Oberschwein gäbe, aber die eigentlichen Schweine sind wir doch selbst, die wir den Dreck einfach so hinnehmen. Aber wie will man sich auch wehren?«

# 35.

Der weitere Verlauf des Dienstagmorgens gestaltete sich zunächst überraschend harmonisch, ja fast idyllisch: Yadrissi hatte alle Zutaten für ein türkisches *Menemen* mitgebracht, das zu Karl-Heinz Lieblingsessen zählte, und bereitete es mit Claudias Unterstützung in der Küche zu, während Karl-Heinz das geschäftige Treiben aus dem Wohnzimmer beobachtete und einen frisch von Yadrissi gebrühten Tee trank. Ein durch und durch friedliches Bild, das sich hier bot: Zwei junge Leute beim gemeinsamen Kochen, während ein älterer Herr dem Treiben mit ein wenig Distanz, gemütlich Tee trinkend, beiwohnt.

Diese friedlichen Augenblicke fanden jedoch schnell ein Ende, als Claudia, im Versuch die Stimmung durch Musik weiter zu entspannen, Karl-Heinz' Musikanlage anmachte und statt auf *CD* versehentlich auf *Radio* schaltete – just zu einem Zeitpunkt, als im gewählten Sender Nachrichten liefen. Zwar versuchte Claudia durch sofortiges Umschalten auf Karl-Heinz Lieblings-CD (für einen Mann seines Alters ungewöhnlicherweise *Blood Sugar Sex Magic* von den *Red Hot Chillipeppers*) den Schaden zu begrenzen, aber es war schon zu spät. Bereits der eine kurze Moment der Realität und obwohl die wenigen verständlichen Worte des Nachrichtensprechers nichts mit Karl-Heinz zu tun hatten, reichte aus, die vergleichsweise heitere Stimmung zunichtezumachen.

Einigen wohlgemeinten aber halbherzigen und fruchtlosen Versuchen zur Ablenkung folgte das Bemühen, die Lage als nicht so schlimm zu relativieren. Hatte man nicht schon viel Schlimmeres überstanden? Den viel zu frühen Tod des geliebten Vaters und die stille andauernde Trauer der Mutter, die ebenso tapfer wie vergeblich versuchte, ihren Kindern ein freundliches Gesicht zu zeigen, die aber bis zu ihrem Tod nie wieder wirklich glücklich wurde. Die finanziell angespannten Jahre und die Verurteilung, nur weil man einem Freund geholfen hatte. Und die düsteren Monate nach dem Tod der geliebten Frau, als Karl-Heinz so manchen Morgen nicht einmal die Kraft gefunden hatte aufzustehen, geschweige denn die Wohnung zu verlassen. Musste man nicht für die vielen Freunde, die sich in diesen schweren Zeiten aufopfernd um Karl-Heinz gekümmert hatten, dankbar sein? Franz Krilling, der von seiner Frau gekochte Hühnersuppe zur Stärkung gebracht hatte, obwohl Karl-Heinz Hühnersuppe nicht ausstehen konnte. Adolph Künnitsch und Rainer Liebold, die verlässlich jeden Morgen in den Wochen nach dem Tod gekommen waren, um Karl-Heinz mit Skat und schlechten Witzen zu unterhalten. Die Eheleute Salbach, die lästige Aufgaben wie Einkaufen, Wäsche machen und dazu noch die Beerdigungsorganisation übernahmen. Und natürlich Kemal und seine Familie, die Karl-Heinz wie einen eigenen Onkel aufgenommen hatten und ihm auch jetzt zur Seite standen. All die vielen Menschen, die ohne je etwas dafür zu fordern (nicht mal ein Wort des Dankes) da waren. Und natürlich für die Familie: die Kinder und Enkel, die alle noch regelmäßigen Kontakt zu Karl-Heinz pflegten. Selbst Torben, der inzwischen in Chile lebte. Und von ernsthaften Krankheiten war man auch verschont geblieben. Gut, das eine oder andere Zipperlein plagte Karl-Heinz natürlich schon; aber für einen Mann seines Alters war er noch in beeindruckender Form, die er nicht zuletzt auf seine regelmäßige Teilnahme an der Laufgruppe des *Ehrenfelder MSC* zurückführte.

Das Leben war doch gut und auch der Dreck, der derzeit über Karl-Heinz verbreitet wurde, würde sicher bald vorbeigehen. In ein paar Tagen würde die nächste Sau durch das Internet getrieben werden. Was war schon passiert? Sollten die ihre Späßchen machen und ein paar Lügen verbreiten, das konnte ja nicht ewig andauern und die Menschen, auf die es ankam, wussten es eh besser. Man musste nur abwarten und bis dahin eine Möglichkeit finden, den Lügen aus dem Weg zu gehen und die Wahrheit zu erzählen. Die Menschen mussten nur die Wahrheit erkennen und die Wahrheit würde sie frei machen.

Es dürfte dieser Wunsch gewesen sein, der zu folgendem Beitrag auf der Socialmediaseite von Karl-Heinz führte:

**ClaudiBaum** Euch allen einen lieben Gruß (selbst den Trollen und Hatern!). Mein Opa, ich und alle Menschen, die uns persönlich kennen, fühlen uns, als wären wir in einem Albtraum gefangen. Einem Albtraum, aus dem es kein Erwachen gibt, keine Möglichkeit zu fliehen, und in dem alles Schöne sich in Hässliches verwandelt. Wir glauben fest, dass die meisten von Euch nichts Böses beabsichtigen und einfach nur getäuscht worden sind von den Verdrehungen und Behauptungen in den Berichten. Darum wollen wir Euch hier und wo immer es geht die Wahrheit sagen. Auch meine Worte, die ich im (wahrscheinlich naiven) Vertrauen auf die Ehrlichkeit meiner Gesprächspartner gemacht habe, sind brutal in ihr Gegenteil verdreht worden. Ich lade für Euch die Aufnahmen hoch, die ich von den Anrufen von zweien der größten Schmierer gemacht habe. Hört selbst und macht euch euer eigenes Bild davon, wer hier ehrlich ist und wer nicht. Mein Opa war niemals ein Nazi oder hat auch nur einmal bewusst jemand verletzt. Sein Freund Kemal steht neben mir und auch er versichert euch, dass an den Geschichten, die erzählt werden NICHTS, GAR NICHTS Wahres ist. Hört die Aufnahme <u>hier</u> und guckt dann das (zugegeben blöde) Video, mit dem alles angefangen hat noch einmal. Ihr werdet sehen, ihr wurdet getäuscht!! Ich bitte euch, hört auf mit den Beschimpfungen!!! Wir werden diese Site nach diesem letzten Post für weitere Kommentare sperren. Eure Kemal Yadrissi, Claudia & Karl-Heinz Baum
*08. Juli 2014 um 09:12*

Mit diesem Post endet in der Tat die Kette der Kommentare auf Karl-Heinz' Seite. Die Seite selbst jedoch besteht seither in diesem Zustand, quasi eingefroren, fort und gibt unverändert Zeugnis von den 58 Stunden und 14 Minuten, den 3.494 Minuten oder 209.640 Sekunden, die zwischen dem Upload des kurzen Filmchens und diesem letzten Post lagen. Das Filmchen selbst ist ebenso weiterhin zu finden, wie insgesamt 12.318 Kommentare.

## 36.

Der Versuch, vermittels dieses persönlichen Appells an Menschlichkeit und Mitgefühl einen Damm zu errichten, der den stetig anschwellenden Strom der Beleidigungen, Hasskommentare und Berichte mit hilflos anmutender Ehrlichkeit aufhalten sollte, war ebenso gut gemeint wie erkennbar aussichtslos. Den Hasskommentaren wurde hierdurch – fast möchte der distanzierte Beobachter sagen *natürlich* – kein wirkliches Hindernis bereitet. Längst hatte sich der Strom andere Verläufe gegraben. Es hatten sich bereits verschiedenste alternative Seiten gebildet, die unter Bezeichnungen wie *@Naziopaheim*, *@Fakelfeuerwehr* oder *#NaziwaldvorlauterBäumen* teils hip-ironisch teils direkt-brachial die Ereignisse kommentierten, bebilderten, selbst Kommentare einforderten und Werbung schalteten.

Doch auch wenn diese Entwicklung voraussehbar und fast schon naturgesetzlich erwartbar war, so kam es doch zu einer für Claudia und Kemal unerwarteten Konsequenz (Karl-Heinz hatte zu dieser Zeit bereits keine Erwartungen mehr): Rund zwei Stunden nach der Veröffentlichung ihres Appells erhielt Claudia an ihre private Mailadresse, die noch nicht öffentlich gemacht worden war, die Mail der in Fachkreisen für ihren Geschäftssinn respektierten Düsseldorfer Medienkanzlei *Landsberg, Wehr und Wittlich*. Der Mail war fol-

101

gendes *zur freundlichen Kenntnisnahme bestimmte* Schreiben nebst strafbewehrter Unterlassungserklärung beigefügt:

*Sehr geehrte Frau Baum,*
*hiermit zeigen wir Ihnen an, dass uns Herr Julius-Erich Streicher mit der Wahrnehmung seiner rechtlichen Interessen beauftragt hat. Ordnungsgemäße Bevollmächtigung wird anwaltlich versichert. Hintergrund unserer Beauftragung ist die durch Sie vorgenommene Veröffentlichung des ungenehmigten Mitschnitts eines mit unserem Mandanten am 07. Juli 2014 geführten Telefonats auf einer öffentlich zugänglichen Internetseite. Die Erstellung der Aufnahme ist insoweit strafbar gemäß § 201 Abs. 1 StGB. Die bezeichnete Veröffentlichung greift darüber hinaus rechtswidrig und zurechenbar in die Rechte unseren Mandanten (insbes. in das allgemeine Persönlichkeitsrecht / das Recht auf informationelle Selbstbestimmung gem. Art. 2 Abs. 1 i.V.m. Art. 2 Abs. 1 GG) ein und führt dazu, dass unserem Mandanten aufgrund dieser Verletzung ein Abwehrrecht (§ 1004 Abs. 1 BGB analog i.V.m. §§ 823 ff. BGB) zur Seite steht. Den unserem Mandanten hiernach zustehenden Unterlassungsanspruch machen wir hiermit geltend und fordern Sie auf, die Störungshandlung <u>unverzüglich</u> zu unterlassen und die Aufnahme zu löschen.*
*Zur Vermeidung der durch die Verletzungshandlung begründeten Wiederholungsgefahr fordern wir Sie ferner auf, bis spätestens zum*
<u>*13. Juli 2014 (16:00 Uhr eingehend)*</u>
*die beigefügte strafbewehrte Unterlassungserklärung unterschrieben im Original an uns zurückzusenden.*
*Für den Fall der Nichtabgabe sind wir beauftragt, ohne weiteres Zuwarten, für unseren Mandanten den einstweiligen gerichtlichen Rechtsschutz gegen eine Fortsetzung Ihrer Verletzungshandlung zu betreiben.*

*Die durch die Verletzungshandlung entstandenen notwendigen Rechtsanwaltskosten gem. nachfolgender Kostennote i.H.v. € 1.242,84 haben Sie unserem Mandanten unter den Gesichtspunkten eines materiell-rechtlichen Kostenerstattungsanspruchs zu ersetzen. Wir sehen dem Ausgleich auf eines unserer angegebenen Konten unter Angabe des obigen Aktenzeichens innerhalb der vorbezeichneten Frist entgegen.*

*Die Bezifferung des unserem Mandanten weiter entstandenen materiellen sowie immateriellen Schadens wird zu gegebener Zeit vermittels gesondertem Forderungsschreiben erfolgen.*

*Mit freundlichen Grüßen*


Eine ungläubige und konsternierte Claudia fragte unmittelbar nach Erhalt Kemal Yadrissi: »Ja sind die jetzt alle durchgedreht? Ist das deren Ernst? Das kann doch nicht sein! Ist Lügen erlaubt und die Wahrheit öffentlich machen jetzt etwa verboten?«


## 37.

Genau diese Einschätzung bestätigte der von Kemal Yadrissi angerufene Rechtsreferendar Jan Schilling, der als Aushilfe in einem von Yadrissis Lokalen kellnerte: »Die kenne ich. Das sind ganz scharfe Hunde und spezialisiert auf Massenabmahnungen. In der Sache haben die natürlich recht: einfach ein Telefonat heimlich aufnehmen und dann öffentlich machen, ist verboten. Lügen dagegen nicht. Wäre ja sonst auch leer auf den Straßen und voll in den Knästen. Das Einzige, was ihr machen könnt, ist zu versuchen, die Summe zu drücken. Denen sind schnelle fünfzig Cent natürlich lieber als ein lang erarbeiteter Euro. Soll Deine Bekannte da mal anrufen und versuchen, das runter zu handeln. Ein paar Tränen können dabei sicher nicht schaden. Und dabei nicht vergessen, gleich zu vereinbaren, wieviel sie dem Typen vom Telefon noch weiter zahlen muss. Ich würde insgesamt dreitausend Euro versuchen und mich dann bei fünftausend einigen. Man weiß ja nie, nachher ist der Richter Abonnent von diesem Typ. Mein Strafrechtsausbilder jedenfalls findet den Streicher toll. Aber sag mal, du kennst den Naziopa? Da müssten wir doch was draus machen können. Immerhin hat der dich doch gemeint in seinem Video. Da sollte was rauszuholen sein. Und die Enkelin ist ja ein ganz scharfes Luder. Die Bikinibilder waren echt geil. Kannst du mir die nicht mal vorstellen? Promi und heiß ist geil.«

Yadrissi beendete das Gespräch und zwei Tage später die Anstellung von Schilling.

So kam es, dass einzig das verlinkte Telefonat von Karl-Heinz Sozialnetzseite gelöscht wurde, während die übrigen Inhalte unverändert fortbestehen.


# 38.

Bevor die üblichen Um-, Ein- und Ablenkungsmanöver den Bericht zum Ende führen sollen, muss der Berichtende den Moment zum selbstkritischen Einräumen nutzen:

Der emphatische Leser wird zu Recht kritisieren, dass der Bericht in seiner Betrachtung sehr technisch sei und dass vielen wechselnden Quellen Raum gegeben werde, während ein andauernder Blick auf die Entwicklungen und Gefühle des Protagonisten fehle. Nur durch diesen Blick, so wird er einwenden, könne der menschliche Konflikt ausreichend beleuchtet und angemessenes Mitgefühl, ja Mitleid beim Leser geweckt werden.

Gegen diesen Vorwurf könnte der Berichtende sich verteidigen, mit dem Hinweis darauf, dass nicht Karl-Heinz hier als Protagonist anzusehen sei, sondern die Umstände. Oder dass nicht dem Individuum als Opfer, sondern dem Schwarm als Akteur die Aufmerksamkeit der modernen Zeit gebühre. Auch dass das verletzte Anstandsgefühl eines einzelnen irrelevant und im Vergleich zu medialer Präsenz unbedeutend sei oder dass gerade die unpersönliche technische Detaillierung und Zerrissenheit, nicht aber der ruhige Blick modern sind. Um in der bereits mehrfach bemühten Sprache des Films zu bleiben, zeichnet der schnelle Schnitt statt der langen Kameraeinstellung ein Werk auf der Höhe der Zeit aus.

All dies könnte mit Blick auf die Zeitgemäßheit eingewendet werden, soll es an dieser Stelle des Berichts jedoch nicht. Gänzlich unüblich muss zugegeben werden, dass es eine mögliche Schwäche des Berichts ist, Karl-Heinz hier erlaubt zu haben, im Hintergrund zu bleiben. Und noch unüblicher soll aus dieser eingeräumten Erkenntnis die Konsequenz gezogen werden, das Bisherige zu ändern.

Begleiten wir also an dieser Stelle der Geschehnisse Karl-Heinz eine Weile auf seinem Weg zum Ende:

## 39.

Wie bereits verraten, sind Fakten darüber, wie Karl-Heinz den vorangegangenen Montag, den 07. Juli 2014, verbracht hat, nicht rekonstruierbar. Der Leser ist daher aufgerufen, sich an seine Stelle zu denken, um diese Lücke, wenn nicht durch Fakten, so doch durch menschliche Anteilnahme zu füllen. Wer dies ernsthaft versucht, wird nicht umhinkommen, eine gewisse Verzweiflung zu verspüren.

Es wird daher sicherlich nicht wundern, dass Karl-Heinz auch durch den beschrieben, zunächst harmonischen Tagesstart nicht aus dieser Verzweiflung gerissen werden konnte. Dies umso mehr, als ihm zunehmend bewusst geworden sein dürfte, dass auch Claudia unaufhaltsam in den Fokus der Betrachtung geraten war. Die Veröffentlichung entblößender Bilder und Beschreibungen, aber auch die jüngste Forderung von Schadenersatz und gar der Vorwurf strafbaren Verhaltens beim Versuch ihm zu helfen, werden ihn sicherlich nicht unberührt gelassen haben. Für einen Mann, dessen Leben stets von schweigsamer Verlässlichkeit und Hilfsbereitschaft geprägt war, dürfte es schwer hinnehmbar gewesen sein, im Fokus eines derartigen Sturms zu stehen und seine Lieben mit hineinzuziehen.

Noch während Yadrissi mit dem auskunftsfreudigen Rechtsreferendar Schilling telefonierte, verließ Karl-Heinz mit einem gemurmelten »Ich muss mal was Luft schnappen« seine Wohnung und machte sich auf den Weg zu dem wohl einzigen Ort, der ihm Ruhe und Trost verhieß: dem Kölner *Melaten-Friedhof*.

## 40.

Claudia hätte bei dieser Ortswahl, hätte sie Karl-Heinz' Ziel gekannt, möglicherweise an den fremden Mitreisenden ihrer nächtlichen Fahrt denken müssen. Der Friedhof selbst war ihr gut bekannt, hatten hier doch nicht nur ihre Urgroßeltern, sondern auch ihre Großmutter die letzte Ruhe gefunden.

Karl-Heinz hatte auch schon in der Vergangenheit auf dem weiträumigen Areal gerne Zeit in stummer Zwiesprache mit sich selbst, seinem Vater oder, solange er noch an ihn glauben mochte, mit Gott verbracht und die Stille dieses heutigen Parkfriedhofs und ehemaligen Heims für Leprakranke genossen. Vielleicht mag ihm dieser Ursprung auch als Gleichnis für seinen plötzlichen Status als Aussätziger erschienen sein und Trost gespendet haben. Wahrscheinlich ist, dass er auf seinem Weg das bekannte Grabbild eines Sensenmannes passiert hat. Nicht undenkbar, dass sich dadurch die Entscheidung, diesem gegenüberzutreten, verfestigt hat. All das aber muss Spekulation bleiben.

Gesichert ist dagegen, dass er hier, im Schatten einer Platane und in der Nähe des zwischenzeitlich eingeebneten Grabes seines Vaters, lange saß und sinnierte. Nachdem er zunächst nur kurz durch einen Herrn mit Kamera, der auf der Suche nach dem Grab des – wie manche sagen *Karnevalretters* – Thomas Liessen war, gestört wurde, setzte sich gegen 13:00 Uhr ein anderer älterer Herr ungefragt und mit einem schlichten »Tach, Karl-Heinz« neben ihn. Karl-Heinz erwiderte »Tach, Rainer« und die beiden Herren blieben zunächst schweigend nebeneinander sitzen.

Eine gute Viertelstunde später entspann sich dann ein Gespräch, dessen Knappheit den, die Redseligkeit moderner Kommunikation gewohnten, Leser befremden mag:

»Wedder wird schlechter.«
»Jo.«
»Der Rest och.«
»Jo.«
»Driss!«
»Jo.«
*5minütige Gesprächspause.*
»Mich han se angerufen.«
»Wä?«
»Die Arschlöcher.«
»Fänsinn, Internet ov Zeitung?«
»Fänsinn. De Typen vun RAF.«
»Un?«
»Jeld han se geboten.«
»Vell?«
»Jo.«

*10minütige Gesprächspause.*

»Den Franz, den Adolph un den Salbach och.«

»Un?«

»Der Salbach bruch doch Jeld för sing Frau.«

»Jo.«

»Franz hät dene jesaat do bes a feiner Käl. Manchmol jet welt-fremd. Aber a joode Kamerad! Un emme do wann mer en bruch!«

»Ben ich?«

»Jo.«

*5minütige Gesprächspause.*

»Maach et jood, Karl-Heinz.«

»Maach et jood, Rainer.«

# 41.

Nachdem Rainer Liebold dergestalt aufgestanden und gegangen und auch der fremde Herr mit der Kamera nicht mehr zu sehen war, blieb Karl-Heinz als einziger Mensch in der Stille des Grabfeldes. Hier sollte er weitere knappe drei Stunden nahezu bewegungs- und wortlos sitzenbleiben. Lediglich ein leises »Wat fott es, es fott« könnte er geseufzt haben, aber auch das kann letztlich eine Täuschung gewesen sein.

Was der aufgerufene empathische Leser aus diesen Stunden auf dem Friedhof machen möchte, bleibt gänzlich jedem selbst überlassen. Analysierbare Fakten, aus denen weitere validierbare Erkenntnisse in Bezug auf Karl-Heinz' Gemütszustand hergeleitet werden könnten, bietet dieser Aufenthalt auf dem Friedhof nicht.

Und so bleibt es beim Offensichtlichen: in 26 ½ Stunden würde die Polizei Karl-Heinz Leichnam finden und weitere zehn Tage spä-ter, nach Freigabe durch die Gerichtsmedizin und unter großer Anteilnahme und großen Worten, würde er wieder dort auf dem *Mela-ten* sein – dann in einem schlichten Grab.

Als Fakt bleibt weiter zu berichten, dass er den Friedhof vorerst gegen 16:30 Uhr verließ, um sich, wie verabredet, mit Claudia und Kemal Yadrissi, diesmal in Yadrissis Wohnung, zu treffen und zu sehen, was der morgendliche Aufruf gebracht hatte.

## 42.

Und so wechselt der Bericht, nach dem kurzen Ausflug in die Welt der schweigsamen Empathie, wieder zurück in die Welt des lauten Alltäglichen. Zu diesem Zweck soll ein vorerst letztes Mal im Ablauf zurückgesprungen werden. Denn wenn auch der medienerfahrene Leser sicherlich schon ahnen wird, wie sich Karl-Heinz' Frage danach, was Claudias Aufruf gebracht haben würde, beantworten sollte, soll statt einem schlichten *nichts* als kurzer Antwort hier das Medium selbst gehört werden.

Da die bisher hierzu wiedergegebene Socialmediaseite durch Claudia geblockt worden war, erfolgt stattdessen im weiteren Verlauf des Berichts die Wiedergabe der Seite *@Naziopaheim*, als aktivstem und zeitgemäßestem, ja visionärstem Auftritt. Bevor der dortige Kommentarverlauf ab 9:12 Uhr, dem Zeitpunkt von Claudias Abschlusspost, zur Dokumentation übernommen werden wird, soll noch über folgendes Rechercheergebnis informiert werden:

Betreiberin der Seite war die *everything goes UG* (haftungsbeschränkt), eine mit Ergebnisabführungsvertrag versehene hundertprozentige Tochter der Luxemburger *Creative_Solutions S.a.r.L.*, Tochter der *New Ways Ltd.* mit Sitz auf den British Virgin Islands. Eigentümerinnen der *New Ways* wiederum sind zu 75 % die *alternatief media B. V.* mit Sitz in Rotterdam und zu 25 % die *Steve Amse*

*Beteiligungen GmbH.* Die *everything goes UG* trat dabei im Hinblick auf Karl-Heinz nicht nur als Seitenbetreiberin in Erscheinung, sondern auch als Verkäuferin der unter anderem von Steve Amse populär gemachten *Naziopa*-T-Shirt-Kollektion und weiterer Artikel sowie als Inhaberin der Markenrechte verschiedenster *Naziopa*-Marken. Da die Gesellschaft zwischenzeitlich im Wege einer koordinierten Firmenbeerdigung beendet wurde und eine ordentliche Insolvenz mangels verwertbarer Mittel nicht durchgeführt werden konnte, lässt sich über den erzielten Umsatz keine verlässliche Auskunft geben.

Doch zurück zum eigentlichen Verlauf auf der Seite *@Naziopaheim*:

**GabiStalker** \*BOOTY CALL\* Stevie ist so HEIß er ist so GEIL ich habe ihm bestimmt 100 heiße Bilder von mir geschickt und will ihm nun ein paar wirklich VERSAUTE sexten. Wer hat seine Handynummer? Und ist es nicht pervers, dass der Naziopa Mädel belästigt? Danke Stevie, dass Du uns vor dem Perversen warnst.\*\*\*\*\*\*\*
*8. Juli 2014 um 09:12*

> **Bernd Bond** \*BOOTY CALL\* returned – ich bin zwar nicht Stevie aber mich machst Du hart! Schick mir Deine Nummer und Du wirst es nicht bereuen! Ich beschütze Dich vor allen Perversen und besorgs Dir wie Du's magst!!
> *8. Juli 2014 um 10:07*

**AnnaMausi** Hey Community, die flotte Claudia macht jetzt einen auf weinerlich und hat Naziopis Seite gesperrt. Was meint ihr?
*8. Juli 2014 um 09:17*

> **Bernd Bond:** Die ist auch HEIß Die perverse Nazischlampe!!!!!
> *8. Juli 2014 um 10:09*

110

**PeterLustig** Geht gar nicht das Gejaule! Was denken die denn? Erst rumhetzen und dann Schwanz einkneifen. Jetzt erst recht!!! Immer feste druff!!!

*8. Juli 2014 um 10:37*

**NickKnattertschon** Der link, den die gesetzt haben ist auch FAKENEWS. Passiert gar nix, wenn man draufklickt. Typisch NaziFAKENEWS.

*8. Juli 2014 um 11:38*

**SchneiderJan** kriegt der Naziopa heute endlich, was er verdient?

*8. Juli 2014 um 09:32*

> **HHeinrich88** pass bloss auf sonsst bekommsst DU wass DU verdienst
>
> *8. Juli 2014 um 09:32*

**WolfN.** Jode morje zoröck, ahn de bei denen die volksseele, allzeit bereit, richtung siedepunkt wütet un schreit: »Heil Halali«, un jrenzenlos geil, noh vergeltung brüllt, zitternd vüür Neid.

*8. Juli 2014 um 09:37*

**AntifaAlbert** Ich sag immer: Jedem das seine! Dem Naziopa ein frühes Grab – verrecken soll er!!!

*8. Juli 2014 um 10:02*

**SunnyFashionista** gibt's hier die tollen Shirts? Folgt mir und bekommt regelmäßig top Modetipps!

*8. Juli 2014 um 10:23*

**Lulu Love** Mehr Ficken, weniger Hass. Weniger Zicken, Poppspass!

*8. Juli 2014 um 11:11*

> **Stevie Sau** Immer rinne in die Kimme, Lulu.
>
> *8. Juli 2014 um 11:12*

**GabiNix** Nazigesocks jagen

*8. Juli 2014 um 11:27*

**Sven vomWald** Hallo bin jetzt hier. Naziopa hat seine Seite geblockt. Als ob ihm das hilft. Wichser!!!

*8. Juli 2014 um 11:41*

**NickKnattertschon** Gäähhhhhnnnnn. Langweilig wissen hier doch längst alle.

*8. Juli 2014 um 11:42*

**HStiglitz** Die werden wir schon finden und dann …

*8. Juli 2014 um 11:59*

**GEnsslin** die nazischweine wollen sich feige verstecken und sperren den freien diskurs. lassen wir ihnen das nicht durchgehen! das eine schwein mag sich verstecken aber wir kennen die adresse anderer schweine. Guckt bei »rote notizzettel« und lest »Die_Stichling« und bleibt wachsam.

*8. Juli 2014 um 13:29*

**PipiLottaV.** Ist das nicht ein bisschen extrem? Ich meine OK, hier im Netz geht alles aber die Adresse veröffentlichen? Wer weiß, was da passieren kann …

*8. Juli 2014 um 13:48*

**GEnsslin** es hat echt keinen zweck, den falschen leuten das richtige erklären zu wollen. bist du für uns oder für die nazischweine?

*8. Juli 2014 um 13:57*

**PipiLottaV.** Ich meine ja nur. Ich bin natürlich kein Nazi.

*8. Juli 2014 um 14:22*

**HStiglitz** Dann halt einfach die Fresse!

*8. Juli 2014 um 14:36*

**GEnsslin** wir haben echt die schnauze voll von euch schwätzern, hosenscheißern, allesbesserwissern. lies, was die genossin richter gleich sagt und wenn du dann immer noch nicht verstehst, verpiss dich!

*8. Juli 2014 um 14:42*

**NickKnattertschon** Der link, den die gesetzt haben ist FAKE-NEWS. Passiert gar nix, wenn man draufklickt. Typisch NaziFAKENEWS.

*8. Juli 2014 um 11:39*

**LukeHimmelgeher** Ist echt erbärmlich. Jetzt jammert das Rassistenpack. Wer ist eigentlich der Kanacke, der den Naziopa da unterstützt? Gibt's jetzt auch schon DönerNazis?
*8. Juli 2014 um 11:53*

> **WaltervonderTrauerweide** DönerNazi ist ja geil. I like! Neues T-Shirt Steve.
> *8. Juli 2014 um 11:56*
>
> **MaxMuster** Ich wette, der DönerNazi ist nur geil auf die flotte Claudia. Sind doch alle scharf auf blonde Frauen die Typen.
> *8. Juli 2014 um 12:18*

**DönerNazi** der Nazisippe sollte man Anstand einprügeln
*8. Juli 2014 um 12:01*

## 43.

Auch im Angesicht dieses – trotz ihres Appells – unveränderten Sturms an Beleidigungen waren Claudia und Yadrissi nach Karl-Heinz' Aufbruch in ihrem Versuch, der Beleidigungslawine die Wahrheit entgegenzusetzen, nicht untätig geblieben: Nachdem die Öffentlichmachung des Mitschnitts aus juristischen Gründen zurückgenommen werden musste, beschlossen sie, zunächst weiter Feuer mit Feuer zu bekämpfen und dem ursprünglichen Video ein weiteres entgegenzustellen. Zu diesem Zweck ließ Kemal über die Werbeagentur seines Cousins einen professionellen musikunterlegten Clip produzieren, in dem er und mehrere seiner Mitarbeiter und Verwandten ein Loblied auf *Karl-Heinz, einen guten Freund und wahren Onkel* sangen. (»Exotische Sehnsuchtsmusik, um ein positives Wahrnehmungsklima und Involvement zu schaffen. Wir nehmen das Lieblingslied meiner Oma, das wird der Hammer!«, so der engagierte Cousin.)

Während Yadrissi unter Hochdruck die Videoproduktion begleitete, machte Claudia sich daran, im Internet Ansatzpunkte und mögliche Verbündete zu identifizieren. Fündig wurde sie zunächst im Threat der angeblich von Karl-Heinz belästigten Janine Nadine, die ihr traumatisches Erlebnis zwischenzeitlich unter dem Hashtag *#handsoff medial* verarbeitete. Nach 102 Minuten intensiver Recherche fand Claudia hier den folgenden Kommentar: »Ach Emma-Alice, du warst total dun und der Opa hat doch gar nix gemacht.« Der Verfasser des Kommentars, ein *@langzeitstudent*, stellte sich als einer der Begleiter der vermeintlichen Janine Nadine heraus, die eigentlich Emma-Alice Sulkow-Geßer hieß und *Kulturantropologie* mit Schwerpunkt *visuelle Kommunikation* an der *Friedrich-Wilhelms-Universität Bonn* studierte.

Besagter @langzeitstudent erklärte sich bereit, sich von Claudia umgehend auf einen Kaffee einladen zu lassen (»Besser als komperative Analysetools zu hören, ist 'n Chai Latte allemal«) und hierbei seine Sicht der Ereignisse zu schildern. Eine Sicht, die Claudia ab 15:32 Uhr in Kommentaren auf diverse Internetseiten öffentlich machte:

**ClaudiBaum** Liebe alle, ich sitze hier im Café und habe gerade mit einem Zeugen der vermeintlichen sexuellen Belästigung gesprochen. Genau gesagt, mit einem der Begleiter des vermeintlichen Opfers Janine (die eigentlich Emma-Alice heißt und sich hinter Fakenamen versteckt, wie so viele hier, die mit Dreck werfen). Tatsächlich war sie einfach hacke voll und ist gegen meinen Opa getorkelt, während sie mit zwei Typen was zum Aufgeilen gesucht hat. Mal ehrlich: Wer glaubt jemandem, der mit 2 Friends with Benefit einfach so in die Kiste springt? Auch das ist eine ganz einfache Lüge von jemandem, der als Troll unterwegs ist! Glaubt das bitte nicht!!!
*8. Juli 2014 um 15:32*

Es wird ein Zufall gewesen sein, dass just in dem Moment, als Claudia diesen Beitrag online stellte, Karl-Heinz ein weiteres Mal am Sensenmann auf dem *Melaten* vorbeiging.


# 44.

Während Claudia und Yadrissi derart aktiv wurden, blieb die Empörungsmaschine im Netz nicht still. So sollte der Blog *Die_Stichling* den Erregungstsunami mit folgendem, um 14:47 Uhr online gestellten Beitrag auf ein neues Level führen:

**Aktion ist wahrer Widerstand; wahrer Widerstand ist Aktion – aufstehen gegen die neuen Nazis immer und überall!**
*Knapp 24 Stunden ist es her, dass wir uns hier angewidert gegen das neueste Symbol des zunehmend alltäglichen Schauspiels moderner Rechtspropaganda gestellt und der Fratze braunen Packs die Maske heruntergerissen haben. Seither ist in zahllosen Beiträgen von Genossinnen\* und Genossen\* die Wahrheit zutage getreten und sind selbst die Systemmedien gezwungen gewesen, ihre Brot-und-Spiele-Verdummungspropaganda zu unterbrechen und zu berichten. Viele Wohlmeinende haben sich zu Wort gemeldet aber auch die Abwiegeler\*innen und Relativierer\*innen sind aktiv.*
*Heute halte ich fest, dass es wiedermal keinen Zweck hat, den falschen Leuten das Richtige erklären zu wollen. Das haben wir mehr als lange genug gemacht. Was nun nötig ist, das haben wir nicht den intellektuellen Schwätzern, den Hosenscheißern, den Allesbesser-Wissern und Bedenkenträgern zu erklären, sondern denen unter euch, die die Maßnahmen und ihre Berechtigung sofort begreifen können, weil sie selbst Opfer sind. Denen, die auf das Geschwätz*

*der selbst ernannten ›Demokraten‹ nichts geben können, weil es ohne Folgen und Taten geblieben ist und bleiben wird. Denen, die wissen, um was es wirklich geht. Denen, die es, wie wir, satthaben, rufe ich zu: Aktion ist, was uns bleibt!*

*Direkte Aktion auf allen Ebenen, ob digital oder analog, ob persönlich oder anonym.*

*Das neue Symbol, um das sich die alten und neuen Kameraden scharen und das die neuen Goebbels und Rosenbergs auf den Schild gehoben haben, will sich vor weiterer Bloßstellung im Netz verstecken. Sie versuchen, dem Faschismus ein modernes Gesicht zu geben, und sind doch die alten Monster.*

*Darum, liebe Freundinnen\* und Freunde\*, die ihr es auch satthabt: zerrt die Schweine aus der Dunkelheit ins Licht. Kämpft in allen Foren und trefft sie im Netz und auf der Straße. Keinen Meter lasst sie gehen.*

*<u>Hier</u> auf den Seiten der ›roten notizzettel‹ könnt ihr dem Feind ins Gesicht sehen, könnt ihr seine Verstecke und Adressen finden. Lasst nicht zu, dass das Dunkel sich weiter ausbreitet. Seid nicht bequem, seid nicht tolerant. Seid wachsam und aktiv!*

*Bekämpfen wir sie mit allen Mitteln; denkbar und undenkbar.*

*V_E_N_C_E_R_E_M_O_S*

Wieder erschien fast zeitgleich, in wohl unbeabsichtigter Choreografie, auch auf der Zwillingsseite *B.U.N.T.E.* ein weiterer Beitrag:

*Liebe Freidenkende,*

*die Systempresse tobt. Die rote Antifa-SA schäumt. Und wir? Wir stehen geschlossen!*

*Aber, liebe Gemeinde, es ist nicht genug! Es wird nie genug sein, bis zum Sieg! Lasst nicht nach. Lasst euch nicht von der Angst leiten, sondern von eurer Treue, eurer Ehre!*

*Die Zeiten mögen dunkel scheinen; der Muselman und seine Lakaien unüberwindlich. Aber seid gewiss, so wie Johann Sobieski kam, als die Lage aussichtslos schien, so wie Nacht war und die Preußen kamen, so wie Karl Martell bei Tours und Poitier, so wird auch heute unsere Entschlossenheit ausharren und den Sieg bringen gegen die Kräfte des links-versifften Nihilismus.*

*So wie der furor teutonicus der Ahnen, so lasst unseren Zorn und unsere Entschlossenheit auch heute sein. Der Feind steht links. Wir werden nicht weichen; weder im Netz noch auf der Straße, weder der Lüge noch der Verfolgung. Wir sind gekommen, um zu bleiben, und wir werden täglich mehr. Freunde, nutzt die Angst und die Lügen, die immer deutlicher zutage treten, und tretet an die Seite derer, die für unsere Sache einstehen.*

*Seid Karl-Heinz Baum – gestern, heute, immer! Mehr als ein Mann. Ein Symbol für unseren Kampf. Ein Symbol für die Wahrheit. Ein Symbol für das unvergängliche teutsche Volk.*

*Wir zeigen Präsenz, wir formen Sprache und wir befreien die Räume.*

*Wenn ihr mehr erfahren wollt, abonniert den Wahrheitsbrief der B.U.N.T.E. hier.*

*Euer/Ihr*

*Julius-Erich Streicher*

Um im Bild zu bleiben, sollte diese Bugwelle des *Stichling*, der über den *roten Notizzettel* ihre Adresse und Telefonnummer öffentlich machte, Claudias Rettungskreuzer hart längsschiffs treffen und vielleicht so im Ergebnis zum Kentern bringen. Aber hiervon ahnte sie zu diesem Zeitpunkt noch nichts und war weiter voller Elan und Hoffnung.

# 45.

Noch während des Gesprächs mit @langzeitstudent klingelte Claudias Handy. Ihr Gesprächspartner erinnert sich noch sich gut an diesen Moment und an Claudias Reaktion:

»Die ist rangegangen und dann ist sie auf mal total bleich geworden, hat angefangen zu zittern und hat ganz schnell aufgelegt. Dann hat das Ding immer weiter geklingelt, aber sie ist dann nicht mehr rangegangen, sondern hat das auf stumm geschaltet und einfach weiter mit mir geredet. Später hat sie dann einfach ihren Laptop ausgepackt und angefangen zu tippen. Mich hat sie von da an ignoriert. Nur als ich dann aufgestanden bin, hat sie mich noch mal kurz angeguckt und gesagt, es tue ihr leid. Die wirkte so traurig. Ich bin dann gegangen.«

Nachdem @langzeitstudent sie verlassen hatte, bestellte Claudia sich, nach Erinnerung der Kellnerin, einen ayurvedischen Pitta-Tee und starrte zunächst schweigend auf ihr Handy:

»Die saß einfach so da und hat vor sich hin gestarrt. Ich dachte, die kippt gleich um. Aber dann hat sie noch irgendwas auf ihrem Handy abgehört. Danach ist sie dann in Tränen ausgebrochen. Ich hab‹ noch gefragt, was denn ist, aber da ist sie dann aufgesprungen, hat geschrien *Jetzt erst recht, ihr Schweine!* und ist gegangen, wobei *rausgerannt* es besser trifft. Ich war, ehrlich gesagt, schon froh, dass die weg war. Gibt doch jede Menge Verrückte.«

Auch wenn Claudia sich in der Vergangenheit stets geweigert hat, zu erläutern, was sie zu diesem Ausbrunch veranlasste, so lässt die Ursache sich anhand ihrer Verbindungsdaten erklärbar rekonstruieren. Im entscheidenden Zeitraum zwischen 15:00 und 16:00 Uhr erhielt Claudia 23 unbeantwortete Anrufe, von denen 17 eine Nachricht auf ihrer Mailbox hinterließen. 21 dieser Anrufe erfolgten anonym. Die von diesen unbekannt bleibenden Anrufern hinterlassenen 15 Mailboxnachrichten wurden ungehört gelöscht.

Zwei angehörte Nachrichten nicht anonymer Anrufer wurden von Claudia später ebenfalls gelöscht, ließen sich jedoch selbstverständlich mit geringem Aufwand wieder herstellen.

Hier zunächst der Anruf ihrer WG-Mitbewohnerin Saskia:

»Hi Claudi, hier bin ich. Also, ich weiß nicht, wie ich's sagen soll, darum einfach mal ganz gerade heraus: Hier hat vorhin so ein Typ geklingelt und gebrüllt: *Nazifotze, dir werden wir zeigen, was passiert, wenn man seine große Klappe aufreißt. Dich und Deine Faschosippe machen wir fertig!* Der war total aggro sag ich dir. Ich zitter jetzt noch. Ich hab' dem dann gesagt, dass ich die Polizei rufe und da ist der abgehauen. Dann hat hier dauernd das Telefon geklingelt. Alles mit unterdrückter Rufnummer. Zuerst bin ich noch rangegangen. *Nazischlampe* war da noch das Netteste. Du kannst dir den Rest sicher denken. Na ja, ich werde jedenfalls erst mal ein paar Tage zu Hannes ziehen. Du solltest dir auch überlegen, wo du bleibst. Hi*lft ja nix. Hannes sagt, ich soll's gerade raus sagen und nicht rumdrucksen. Also,* wenn du dir überlegt hast, wo du bleiben willst, dann bleib bitte da. Ich meine, lass uns das mit der WG beenden. Ich will ja deine politischen Ansichten nicht kommentieren, auch wenn die mich jetzt überrascht haben, aber ich hab' echt keinen Bock auf Stress. Gerade jetzt. Also, nix für ungut aber ... Hmmm, ich hoffe, du verstehst das. Ciao. – Ach ja, eh ich's vergesse: Da war auch ein Kamerateam von RAF hier. Total cool, ich komme ins Fernsehen. Und vielleicht kann ich sogar mal was bei Steve Amse machen, haben die gesagt. Hammer!«

Die zweite hinterlassene Nachricht stammte von Claudias Cousin *Torben:*

*»Hi, Cousinchen. Was ist denn bei euch los? Ich erreiche Opa nicht, darum wollte ich's bei dir versuchen. Ich sitze hier gerade beim Frühstück und da klingelt mein Handy und irgend so ein Journalist aus Deutschland ist dran und will wissen, ob ich Opa und dich ken-*

ne. *Na ja, natürlich kenne ich euch. Hab' ich dem auch gesagt. Der hat dann so ganz komische Fragen gestellt. Du, der wusste sogar das von meinem Strafverfahren damals, bevor ich hier nach Chile gegangen bin. Ich dachte, solche Akten über Jugendliche sind vertraulich. Der muss wohl mit irgendwem von früher geredet haben, wobei davon doch kaum einer was weiß. Meinst du, von der Behörde oder der Staatsanwaltschaft gibt da wer was raus? Wie auch immer, ich habe aufgelegt. Und ist mir auch egal, ich bin ja weit weg. Aber sei du bloß vorsichtig. Irgendwas ist da bei euch im Busch. Grüß Opa und alle und hasta luego und melde dich doch mal.«*

## 46.

*Auch jenseits der Blogs und sozialen Foren im Internet brachten die organisierteren Medien nur kurz nach dem Zeitpunkt der zitierten Veröffentlichungen weitere Beiträge, aus deren nicht verebbenden Flut nur zwei hier wiedergegeben werden sollen:*
*Im* magazin *nahm der CEO der Eigentümergesellschaft und vormalige Chefredakteur das Thema zum Anlass, sich direkt an die Leser zu wenden:*

### A LETTER FROM THE EDITOR – FREIHEIT HEIßT VERANTWORTLICHKEIT

*Liebe Leserinnen, liebe Leser, ein uralter chinesischer Fluch sagt: ›Mögest Du in interessanten Zeiten leben!‹*
*Und in der Tat: Leben wir nicht in interessanten, in verrückten Zeiten? Unser Staat gewährt selbst seinen Feinden die Freiheit, öffentlich ihre Meinung zu sagen. Das ist zwar verrückt, aber natürlich auch gut, denn die Meinungsfreiheit ist eines unserer höchsten Gü-*

*ter. Ich schreibe bewusst ›eines‹ der höchsten Güter und nicht ›das‹ höchste Gut, denn mit der Freiheit kommt Verantwortlichkeit.*

*Wer aber diese Verantwortlichkeit nicht achtet und die Freiheit missbraucht, um Hass zu predigen, der ist ein Feind gerade dieser Freiheit, die er für sich selbst einfordert. Und ein derartiger Feind der Freiheit darf sich nicht wundern oder beschweren, wenn er Konsequenzen tragen muss für seine Feindschaft. Wir gewähren Freiheit, aber wir müssen ihre Verletzung nicht schweigend hinnehmen. Wir sind wehrhaft in unserer Demokratie. Das ist eine der Lehren unserer dunklen Vergangenheit.*

*Und darum, liebe Leserinnen und Leser, darum ist es unsere demokratische Pflicht, diese Freiheit zu verteidigen, indem wir den Feinden der Freiheit die Konsequenzen ihres Handelns aufzeigen. Indem wir sie ausgrenzen und brandmarken als das was sie sind: Feinde der Freiheit.*

*Das magazin steht stets in der ersten Reihe der Verteidiger der Freiheit und das magazin steht darum auch in der ersten Reihe, wenn es heißt, den Feinden der Freiheit wehrhaft zu begegnen und sie bloßzustellen. Wir haben darum, zusammen mit der Staatsanwaltschaft, als dem staatlichen Organ der Freiheitsverteidigung, in den letzten Tagen einmal mehr unter großem Aufwand recherchiert. Ich bin stolz und glücklich, Ihnen das Ergebnis dieser Recherche hier zu präsentieren. Machen Sie sich ihr eigenes Bild!*

*Mein Dank gilt dabei unseren Invetsigativteams, die für Sie, liebe Leserinnen und Leser, und für die Freiheit unermüdlich auf der Jagd sind.*

*Mein Dank gilt auch dem verantwortlichen Ermittlungsbeamten, Oberstaatsanwalt Brökkers, der wie stets auf das Entschiedenste tut, was zur Erreichung seiner Ziele getan werden muss.*

*Mein Dank gilt nicht zuletzt unseren Sponsoren, ohne die all dies nicht möglich wäre.*

*Und mein Dank gilt natürlich Ihnen allen, die Sie uns in unserem Kampf unterstützen. Als weiterer Ausdruck dieser Wertschätzung finden Sie <u>hier</u> die Möglichkeit einen der von unseren Sponsoren gestifteten Preise im Wert von bis zu 5.000 Euro zu gewinnen.*

*Zarte Gemüter mag die Direktheit unserer Berichte beunruhigen. Wir haben uns trotzdem entschlossen zu berichten und Ihnen nichts vorzuenthalten. Natürlich können weder das magazin noch die Staatsanwaltschaft hier alle ihre Quellen und Erkenntnisse vollständig offenlegen. Die ernste Lage lässt uns keine andere Wahl, als Sie um einen Vertrauensvorschuss zu bitten. Teile unserer Ermittlungen und Erkenntnisse könnten sonst die Öffentlichkeit verunsichern und weitere Aufklärung durch die Sicherheitsbehörden erschweren. Stets gilt: das magazin ist der Freiheit und dem Schutz der Menschen verpflichtet.*

*Für die Echtheit der zu berichtenden Tatsachen gibt es zwar keinen Beweis, aber seien Sie versichert, dass das magazin sorgfältig abgewogen hat und dass sich alles so, wie wir es darstellen, zugetragen haben kann.*

*Das magazin BLEIBT WIE IMMER AM BALL!!*

Dieser heroischen und dramatischen Ankündigung folgte eine Vielzahl von Artikeln und Interviews, geeint unter der eigens geschaffenen Rubrik *Die NAZIOPA-Files.* Unter den verschiedenen derart miteinander verlinkten Beiträgen finden die Leser Artikel über die Entwicklungen des Skandals um die *Nazi-Kameradschaft Baum* und ihre Kontakte zu terroristischen Kreisen, die der *PKK* nahestehen könnten, ihre noch unbelegten aber nicht undenkbaren Verbindungen zu NSU und Ku-Klux-Klan sowie ihre Verwicklung in verschiedenste mögliche Sexskandale (inklusive fotografischer Nachstellungen möglicher Details). Es finden sich Berichte über das positive Engagement verschiedener, dem *magazin* eng verbundener

Unternehmen und Personen, unteranderem ein Exklusivinterview, in dem der leitende Oberstaatsanwalt und sein Parteifreund, der Justizminister, ihren Kampf gegen Kriminalität und Rechtsradikalismus beschreiben und einen Ausblick darauf geben, wie sie in Zukunft mit dem Anwachsen von Hassbeiträgen in sozialen Netzwerken umzugehen gedenken und welche Kunstschaffenden aus der Film- und Musikbranche sie bei ihrem Kampf unterstützen. Einige dieser Prominenten kommen in weiteren Beiträgen mit ihren Einschätzungen zur Schwere der Verfehlung und des Grades ihrer moralischen Entrüstung zu Wort.

Hier soll davon abgesehen werden, diesen Berichte und Beiträge in ihrer epischen Breite wiederzugeben. Der Leser wird aufgrund vergleichbarer Darstellungen sicherlich ein Bild davon haben, was und wie berichtet wurde. Ansonsten ist das Internet weiterhin voll mit diesem und Vergleichbarem.

Als weitere Speerspitze im Kampf um Meinungshoheit, Einschaltquoten sowie Clickzahlen trat neben dem *magazin* wiederum die Sendergruppe des *Reality Alternatives Fernsehen* an vorderster Front in Erscheinung. Der Information der interessierten Zuschauer wurde auch hier durch eine Vielzahl verschiedenster Beiträge, Formate und Gewinnspiele umfassend Rechnung getragen. Schwerpunkte der Berichterstattung fanden sich dabei im Bereich der Aufarbeitung der Rolle von jungen, spärlich bekleideten Frauen in rechtsradikalen Netzwerken ebenso wie bezüglich Verbindung möglicher Netzwerke zu terroristischen Vereinigungen außerhalb der Bundesrepublik. Die Rolle der *PKK* und eine mögliche Verstrickung von Kemal Yadrissi, als bekanntem Kölner Gastronomen mit noch aufzuklärenden Halbweltverbindungen wurde dabei ebenso akribisch angesprochen wie die Frage, wer die Hauptrollen in einer in Kürze zu erwartenden Verfilmung spielen könnte. Neben Prominenten und Politikern, die als Experten für verschiedenste Lebensbereiche zu glänzen wussten, kamen auch Personen aus dem Umfeld von Karl-Heinz zu Wort. So wurde ein verlegen blickender August Salbach mit der Aussage »… der Karl-Heinz ist natürlich kein einfacher Mensch. Ich würde jetzt nicht sagen, dass mich das überrascht …« zitiert, während ein grimmiger Franz K. in redaktionell leicht angepasster Äußerung angab: »Der Karl-Heinz ist immer da, wenn ein Kamerad ihn braucht!« Grimmiges Auftreten und klar völkischer Duktus ließen bei dem präsentierenden Reporter keinen Zweifel, dass K. wohl selbst mit deutschnationalen Kreisen sympathisierte. Die Augenzeugin Emma-Alice S. durfte ebenso ihr traumatisches Aufeinandertreffen mit dem übergriffigen Karl-Heinz detailliert schildern, wie eine zu ihrem Schutz verpixelte Saskia T. Zeugnis davon gab, dass man Claudia in all den Jahren zwar nie was angemerkt habe (was nur als »Beleg ihrer Untergrundtätigkeit« gewertet werden konnte) man aber nicht überrascht sei (»Klar war da immer was, irgendwie«). Ein weiterer, als Lukas M. bezeichneter anonymer Charakterzeuge wusste zu berichten, dass Claudia schon in früher Jugend äußerst promiskuitiv gewesen und dann unstet »irgendwohin abgetaucht« sei. Überhaupt, so Lukas M., sei sie dem System gegenüber kritisch gewesen und habe ihn spüren lassen, dass sie sein Ziel Staatsdiener zu werden, ablehne.

Auch hier soll es mit diesem kurzen Auszug aus dem Berichteten sein Bewenden finden. Wieder wird der Leser aus vielen Fällen erinnern, wie es war oder gewesen sein könnte.


## 47.

Während Claudia ihr Gespräch mit @langzeitstudent führte und Karl-Heinz schweigend auf dem *Melaten* saß, war auch Kemal Yadrissi nicht untätig geblieben. Neben der Erstellung und Veröffentlichung des bereits angesprochenen Videos traf er sich mit zwei alten Schulfreunden, die zwischenzeitlich im Bereich der modernen Medien ihre eigenen Agenturen etabliert hatten.

Das erste Gespräch mit Arik L. verlief dabei ernüchternd. Arik L. erinnerte sich an das Gespräch auch später gut:

»Ja, Kemal hatte jede Menge Ideen, was man tun und wen man ansprechen solle. Er meinte, ich müsse was tun, weil ich doch die Leute bei RAF und die üblichen Verdächtigen aus dem kölschen Filmklüngel so gut kennen würde. Ich war ja ab und an mit einem Promi in seinem Laden und da dachte er halt, ich könne was tun, um die Wahrheit ans Licht zu bringen. Er hat echt *Wahrheit ans Licht bringen* gesagt. Mannomann, ich hatte Kemal eigentlich für einen cleveren Typ gehalten und dann das. Wen bitte interessiert denn so was wie *die Wahrheit*? Was ist das? Und wenn: Wessen *Wahrheit*? Die, die auf dem Konto ist, die in der Garage steht oder die von den Quoten – oder welche? Die einzige Wahrheit, die ich kenne ist, dass das Business halt ein Geschäft ist. An dem Morgen war ich bei Steve in den Büros und die waren total heiß und geil auf weitere Ideen. Echt wahr. Und zu denen sollte ich jetzt gehen und sagen: *Also hört mal, das ist aber nicht fair dem armen Naziopa gegenüber, der hat doch gar nix gemacht*? Mannomann, ich sag's ja, der war echt total naiv. Und dann hat er mir auch noch von seiner bekloppten Idee mit dem Video erzählt. Ich habe ihm gesagt, dass er wohl total bekloppt ist. Das Einzige, was er sinnvolles machen konnte, war Fresse halten, in Deckung gehen und warten, bis es vorbei ist. Ich habe ihm noch angeboten, er könne ja für ein paar Tagen in mein Ferienhaus auf Sylt, bis die die nächste Sau durchs Dorf treiben. Aber der Naziopa war halt der heiße Scheiß. Da kannste gar nichts machen. Hat er dann ja auch ganz schnell gesehen. Hätte er mal lieber einfach die Kohle annehmen sollen, die er für ein Interview hätte kriegen können. Hot shit today, old fart tomorrow, sage ich immer. Hat mich angeguckt, als sei ich so'n Perverser. Na ja, manche lernen langsam und andere halt nie.«

Erfolgreicher verlief Yadrissis Gespräch mit Jewgeni P., dem als Gründer einer Vielzahl von Gesellschaften in den Bereichen *Direktmarketing*, *Onlineoptimierung* und *Follower-Creation* ein breiter Erfahrungsschatz und sehr gute Kontakte nachgesagt werden.

»Ja, Kemal war total down. Natürlich habe ich ihm Hilfe angeboten. Schon mein Papa hat immer gesagt: Wenn dir einer in die Fresse haut, dann schieß ihm in den Kopf. Und darum habe ich ihm angeboten, dass wir das denen mal mit gleicher Münze heimzahlen können. Nur halt professioneller. Verstecken bringt da nix. Follower, Mailkampagne, gute oder schlechte Bewertungen – kann man doch alles kaufen. Ich habe Freunde, die Auto-Trolle oder Chat- und Social-Bots programmieren, die dir alles im Netz verbreiten können. Ich spreche ja nicht drüber, aber wenn ich mal publik machen würde, wem wir da schon so alles geholfen haben … Na ja, egal, gehört hier ja nicht hin. Ich habe ihm jedenfalls gesagt, er soll mir mal einen Textvorschlag machen und dann hat er in einer Stunde tausend positive Mails. Für lau. Kemal wollte mal drüber nachdenken. Ist er dann ja leider nicht mehr zu gekommen. Da hätten wir echt mal was machen können.«

## 48.

Das im *Kemals* stattfindende Nachmittagstreffen von Karl-Heinz, Claudia und Kemal Yadrissi musste aufgrund der Reaktion der anwesenden Gäste auf Karl-Heinz und Claudia spontan verlegt werden. Da eine eigentlich angemeldete türkische Gesellschaft, die im als Veranstaltungsraum genutzten hinteren Zimmer des Lokals eine Familienzusammenkunft geplant hatte, kurzfristig mit der Begründung, man feiere doch nicht bei PKK-Terroristen, abgesagt worden war, stand jedoch ein Alternativraum zur Verfügung. Nachdem Claudia hier zunächst von ihrem Gespräch mit @langzeitstudent und den nachfolgenden Telefonaten berichtet hatte, musste Yadrissi das Gespräch wegen der nach ihm fragenden Polizeibeamten Muedig und Millowsky verlassen.

Zum Verständnis der weiteren Abläufe ist es durchaus hilfreich, den Lesern, die das *Kemals* nicht kennen, zunächst einen Überblick über die Raumaufteilung zu geben: Neben dem eigentlichen Gastraum mit Barbereich und einsehbarer Küche verfügt das Lokal über den angesprochenen weiteren Raum für private Feierlichkeiten (den sogenannten *Partyraum*, in dem Karl-Heinz und Claudia warteten) und einem kleineren, als Büro genutzten Zimmer, das von dem *Partyraum* nur durch einen Vorhang getrennt ist. Yadrissi hatte, mit dem Hinweis, er müsse aufs Klo, Muedig und Millowsky gebeten kurz zu warten, derweil Claudia und Karl-Heinz unbemerkt in diesen Büroraum geschickt, sodass sie von den Beamten ungesehen dem folgenden Gespräch im *Partyraum* zuhören konnten.

Da PHM Muedig auch dieses Gespräch aufgezeichnet hat, liegt wiederum eine Aufnahme vor, die hier, im Versuch der objektiven Authentizität, im Wortlaut anstelle der in der Akte befindlichen leicht angepassten Niederschrift wiedergegeben werden soll:

PHM Muedig: »So, also, Herr Yadrissi, Sie haben zugestimmt, dass wir dieses Gespräch aufnehmen, richtig? Sie müssen bitte etwas sagen, Nicken zeichnet das Dings hier ja nicht auf.«

Yadrissi: »Ja.«

PHM Millowsky: »Du musst ihm noch sagen, dass er nix zu sagen braucht.«

PHM Muedig: »Wollte ich doch gerade tun. Oder denkst du, ich würde das vergessen?«

PHM Millowsky: »Na ja, bei dem Letzten hast du.«

PHM Muedig: »Als ob du noch nie was vergessen hättest.«

PHM Millowsky: »Was denn?«

Yadrissi: »Ich will Sie ja nicht stören, aber könnten wir vielleicht zur Sache kommen? Ich hätte da doch noch was zu tun.«

PHM Muedig: »Dann mach du halt, falls du das besser kannst.«

PHM Millowsky: »Nun sei doch nicht gleich eingeschnappt.«

PHM Muedig: »Bin ich gar nicht.«

PHM Millowsky: »Biste wohl.«

PHM Muedig: »Bin ich nicht!«

Yadrissi: »Hallo.«

PHM Muedig: »Gut, wo waren wir stehen geblieben?«

PHM Millowsky: »Die Belehrung.«

PHM Muedig: »Nun fang nicht schon wieder an.«

Befragter: »Können wir überspringen. Ich gucke ja Fernsehen.«

PHM Muedig: »Können wir nicht. Schließlich liest der Oberstaatsanwalt persönlich das alles.«

PHM Millowsky: »Wenn er vor lauter Interviews Zeit hat.«

PHM Muedig: »Okay, ist ja aber auch egal. Wir machen das hier ordentlich und darum müssen Sie nichts sagen, was Sie irgendwie selbst belasten könnte.«

Yadrissi: »Verstanden. Aber worum geht's denn nun genau?«

PHM Muedig: »Um Herrn Baum, kennen Sie den? Und um einen … Moment mal, haben wir hier aufgeschrieben – um einen Apo oder so. Und um die PKA.«

Yadrissi: »PKK?«

PHM Muedig: »Kann auch sein. Der Kollege hat eine Sauklaue. Kennen Sie die?«

Yadrissi: »Und wenn ich zum Beispiel Herrn Baum kenne, dann belastet mich das selbst?«

PHM Millowsky: »Im Fernsehen bestimmt.«

PHM Muedig: »Also ich würde sagen, bloß jemanden zu kennen, ist nicht strafbar.«

Yadrissi: »Und Apo von der PKK?«

PHM Millowsky: »Also ich war mal mit einem von der APO befreundet, der dann bei der RAF gelandet ist. Die von früher natürlich. Ist ja auch schon lange her.«

PHM Muedig: »War aber nicht strafbar, oder?«

PHM Millowsky: »Gab aber 'ne Menge Ärger, als mein Dienststellenleiter das rausbekommen hat.«

Yadrissi: »Wie hat er das denn rausbekommen?«

PHM Millowsky: »Die haben mal sein Telefon abgehört und da …«

PHM Muedig unterbricht: »Das hat doch wirklich nichts mit unserem Thema hier zu tun. Und ist ja auch lange her.«

Yadrissi: »Was ist denn das Thema?«

PHM Millowsky: »Du hast gut reden. Mir hat das erst mal 'ne Beförderungssperre eingebracht. Und die Magda ist mir darum auch abgehauen.«

PHM Muedig: »Sei froh.«

Yadrissi: »Das Thema?«

PHM Millowsky: »Bin ich auch. Wobei, scharf war die ja schon.«

PHM Muedig: »Das stimmt.«

Yadrissi: »Ich kann Ihnen gerne Kaffee bringen lassen und dann besprechen Sie das erst mal in Ruhe.«

PHM Millowsky: »Dass Magda scharf war?«

Yadrissi: »Nein, das Thema.«

PHM Millowsky: »Welches Thema?«

Yadrissi: »Das wüsste ich ja auch gerne.«

PHM Muedig: »Okay, passen Sie auf, wir kürzen das mal ab, soll der Staatsanwalt sich halt selbst überlegen, was er von Ihnen will.

Am besten ist doch, Sie kommen demnächst mal auf dem Präsidium vorbei und dann können Sie auch gleich mal Ihre Papiere mitbringen. Aufenthaltsgenehmigung, Konzession, Steuerunterlagen, Kontoauszüge und so was – sie wissen schon. Das spart dann die Abfragen beim Finanzamt, der Bank und der Ausländer- und Ordnungsbehörde und so.«

Yadrissi: »Ich bin Deutscher.«

PHM Muedig: »Ach? Ich meine ja nur, wegen dem PKK-Dingens und so.«

Yadrissi: »Ich wüsste aber doch schon gerne, warum Sie nun eigentlich hier sind.«

PHM Millowsky: »Wenn Sie mich fragen, weil der Brökkers ins Fernsehen will.«

PHM Muedig: »Das mit dem Kaffee wäre schon schön.«

Yadrissi: »Gerne, ich sage vorne Bescheid.«

PHM Muedig: »Und grüßen Sie Herrn Baum.«

PHM Millowsky: »Wenn Sie ihn kennen.«


Der Leser mag sich auch hier über die Gewichtung von Bedeutendem und Bedeutungslosem wundern. Das Leben aber zeigt sich gerade in authentischer Gewöhnlichkeit und selten in einem vermeintlich großen Spiel der Dinge. Claudia und Yadrissi können sich nur an eins erinnern, das Karl-Heinz an jenem Nachmittag im *Kemals* gesprochen hat: »Met denen hät ich wall ein drinke gonn künn. Wat vertelle de ein herrlich Seiwer. Die plaatze och äch vertelle waat ens aff, et weed alles widder joot. Joote Käls. Schade.«

# 49.

Während im Partyraum des *Kemals* Claudia und Yadrissi Ideen und Hoffnungen zusammensponnen, besprachen und verwarfen, brandete draußen der Beleidigungstsunami unverdrossen weiter. #Karl-Heinz schwieg.

**Linksoben** Alerta Alerta Antifacista! Lasst uns den Bullenschweinen Feuer unter'm Arsch machen und dem Naziopa auf die Fresse.
*8. Juli 2014 um 16:08*
**SunnyFashionista** Wer die Naziopa-Shirts schick findet, für den habe ich ein paar Ideen für schicke Kombinationen. Folgt mir für topp Modetipps.
*8. Juli 2014 um 16:19*
**MieseMuschel** Drecksnazipack. Ist es schon wieder soweit? Das kann doch nicht sein.
*8. Juli 2014 um 16:24*
**Janine Nadine** Krass, jetzt spielt die flotte Claudia die Moraltante und macht mich schlecht, weil ich selbst bestimme, mit wem und wann ich Sex habe. Schönes Flittchen! Halbnackt in Illustrierten, Sex mit wer weiß wem alles und mich angreifen und meinen Namen publik machen. So nicht, Mäuschen. Zum Glück wissen wir ja, wo Du wohnst, Du Schlampe.
*8. Juli 2014 um 16:37*

> **SunnyFashionista** Hat der Opa dich echt angegrabbelt. IIIIIeeeehhhhhhhhhh. Und dein lover war dabei und hat nichts gemacht?
> *8. Juli 2014 um 16:43*
> **Janine Nadine** Klar. Und der Schlapschwanz, der petzt, der kann lange warten, bis er wieder ran darf. Hats eh nicht gebracht der Loser.
> *8. Juli 2014 um 17:08*

**DieHuebsche** Du hast sooooo geile Fingernägel. Wo kann ich die bekommen?

*8. Juli 2014 um 17:34*

**Dönernazi** Ist der Türke, der da mit dem Naziopa zusammen hängt nicht der von der Kneipe?

*8. Juli 2014 um 16:53*

> **Kurt Gri** Der ist kein Türke, der ist Kurde. Die sind alle Terroristen. Hör Dir bloß das Lied an. Terrorpropaganda.
>
> *8. Juli 2014 um 17:22*
>
> **N.O.Bilder.berger** Echt? Da hab.en sich ja die rich.tigen gefu.nden. PK-K meets N-SU. Ich wet.te, da ste.ckt die N-SA mit drin.
>
> *8. Juli 2014 um 17:34*
>
> **Kurt Gri** Aber wir werden uns wehren. Da kannste Dich mal drauf verlassen. Die Türkei kämpft und sie ist überall.
>
> *8. Juli 2014 um 17:42*
>
> **Durchblicker** Hast Du schon Deinen Aluhut auf? Das ist doch Verschwörungsquatsch. Oder bist Du etwa vom Open Society Institute bezahlt und versuchst hier Deine jüdischen Hetze abzusondern? Der Naziopa ist einfach ein Idiot und Du wohl auch.
>
> *8. Juli 2014 um 18:23*
>
> **Kurt Gri** Ist klar. Und das Onkel oder Apo der Kampfname von Öcalan ist, ist dann auch Zufall, oder was? Und dass in dem Lied von heiliger Erde Kurdistan gesungen wird, auch? Wer keine Ahnung hat, sollte mal die Fresse halten. Das sind Terroristen!
>
> *8. Juli 2014 um 18:51*
>
> **Tommy_T** Echt? Krass! Und die Bullen pennen wieder mal.
>
> *8. Juli 2014 um 19:09*

**N.O.Bilder.berger** Die pen.nen nicht, die st.ecken mit drin. Oder gla.ubst du, die kö.n.nten was mac.hen, wenn die N-SA hier in der B.RD Gm-bH Desin.format.ionen verbr.eitet? Du hast ja eine mer.kwür.dige Welts-icht.

*8. Juli 2014 um 19:24*

**GEnsslin** ihr spinner, trolle, wahrheitsverdreher, die PKK ist links, revolutionär, basisdemokratisch und anti-patriachalisch! mit nazis haben die nichts am hut! fakten interessieren euch gar nicht, oder wie?

*8. Juli 2014 um 19:37*

**RolfEidhalt** Kurden, Türken, Juden, Bolschewisten ist doch egal. Ihr werdet die Bewegung nicht stoppen! Der Mythos lebt im 21. Jahrhundert! Karl-Heinz wanke nicht, Deutschland steht an Deiner Seite!!!!

*8. Juli 2014 um 20:03*

**AHool** Aber erst mal hauen wir die Brasilianer wech, Kollege.

*8. Juli 2014 um 20:17*

**HStiglitz:** Aber sowas von …

*8. Juli 2014 um 20:22*

**Linksoben** Und zur Feier dann dem Türkenfreund die Fenster entglast.

*8. Juli 2014 um 20:26*

**Kurt Gri** Kurde, Du Naziidiot. Entglasen geht klar.

*8. Juli 2014 um 20:37*

**Dr_Geggels** Agitation, das ist alles klare Agitation von den Rechten. Da müssen wir was gegensetzen. Stimmt euch ab. rote notizzettel lesen.

*8. Juli 2014 um 17:18*

**Bernd Bond** Ich kann mir nicht helfen, aber die Flotte Claudia ist echt ein scharfes Stück.

*8. Juli 2014 um 17:31*

**PipiLottaV.** Perverser!
*8. Juli 2014 um 17:45*
**Bernd Bond** Auf jeden Fall!
*8. Juli 2014 um 17:54*


## 50.

Es wurde bereits mehrfach hervorgehoben, dass die Ereignisse gewöhnlich und das sich entwickelnde Ergebnis trivial waren. Im weiteren Verlauf dieses Abends sollte sich jedoch wahrhaft Historisches ereignen, das in seiner Intensität und Bedeutung bei Weitem über die hier berichteten Ereignisse hinausging und das wohl keiner der Teilnehmer und Zuschauer, für die die hier berichteten Ereignisse bestenfalls eine schemenhafte Erinnerung geblieben sein dürften, vergessen haben wird.

Während Claudia und Kemal, die zwischenzeitlich ihre Beratung wieder in Karl-Heinz Wohnung verlegt hatten, noch zunehmend angespannt berieten, was man noch tun könne, um Karl-Heinz zu schützen, und während selbiger äußerlich unberührt ein drittes Kölsch trank und in alten Fotoalben blätterte, trat, zunächst von den dreien unbemerkt, etwas ein, was den Strom der Kommentare zum völligen Versiegen bringen sollte: Zwischen 22:11 und 23:34 Uhr an diesem Dienstag, dem 08. Juli 2014, schlug Deutschland Brasilien mit Toren von Müller, Klose, Kroos, Khedira und Schürrle. Die Nation, die Medien, die Menschen, die Welt gerieten in Begeisterung für *Die Mannschaft* und das zum Kult gewordene *Schland* in Schwarz-Rot-Gold. – Die wahre Bedeutung und Wirkung wird deutlich, wenn man sich bewusst macht, dass *Schland* bei einer spontanen Suchmaschineneingabe 453.000 Ergebnisse zeigt, *Katzenvideo* dagegen nur 107.000.

Eine weitere der vermeintlichen Nebensächlichkeiten, die den Bericht prägen, soll ebenfalls nicht verschwiegen werden: Der Begriff *Schland*, marken- und urheberrechtlich zugunsten eines Kollegen von Steve Amse geschützt, erlangte seine Popularität zunächst durch die Verwendung in einer beliebten TV-Show, die für *Alles Amse* Pate gestanden haben könnte.

# 51.

Während die Demütigung Brasiliens durch die deutsche Auswahl zumindest kurzfristig die Demütigung von Karl-Heinz verdrängte, kam Yadrissi zu der Überzeugung, dass jeder weitere Versuch eines sich Wehrens zum Scheitern verdammt sein musste. Zwischen ihm und Claudia entspann sich dabei, begleitet von Raketen, Autohupen und jubelnden Menschen in den Straßen, der folgende Dialog:

»Das hat doch keinen Wert. Alles was wir machen bringt nix oder macht es nur noch schlimmer.«

»Was soll das denn? Hast du keinen Bock mehr? Willst du einfach den Schwanz einkneifen und aufgeben oder was?«

»Was sollen wir denn deiner Meinung nach machen? Wir sind bloß zwei Idioten und da draußen sitzen Tausende.«

»Ein schöner Freund bist du. Kaum wird's schwierig, gibst du auf oder was? Oder machst du dir vielleicht Sorgen, dass bei dir ein paar Gäste weniger kommen könnten?«

»Ein paar Gäste ist gut. Bei mir sind allein heute dreiundzwanzig Veranstaltungen abgesagt worden. Entweder, weil türkische Gäste nicht bei einem PKK-Terroristen feiern wollen, oder weil deutsche Gäste nix mit einem Nazi-Sympathisanten zu schaffen haben wollen. Wobei … stimmt nicht. Ein so'n Typ hat angefragt, ob er nicht ein Kameradschaftssolidaritätstreffen bei mir abhalten könnte. So sieht's aus!«

»Nee klar, und weil das ein bisschen weniger Umsatz bringen könnte, willst du Opa im Regen stehen lassen. Und was kann der dafür, dass du PKK-Fan bist? Hättest ja nicht gerade einen kurdischen Propagandasong nehmen müssen.«

»Spinnst du? Ich hatte keine Ahnung, was das für ein Lied ist.«

»Nee, ist klar. Aber dann lieber wegducken. Ihr seid doch alle gleich.«

»Wer ist denn bitte *wir*? Der doofe Orientale gibt natürlich auf, während das deutsche Mädel treu zur Sache steht oder wie? Deine Ehre heißt Treue oder wie?«

»Immerhin mach ich mich gerade und renne nicht wegen ein bisschen weniger Kohle gleich weg.«

»Es geht mir nicht um Kohle – es geht um meine Existenz! Mein Vermieter hat sich auch schon gemeldet und überlegt, mir den Mietvertrag zu kündigen, weil ihn irgendwelche Typen angerufen haben, die wissen wollten, was denn seine Glas- und Hausversicherung so macht. Verstehst du nicht, worum es hier geht?«

»Nee, du verstehst das nicht. Was passiert wohl, wenn alle so denken wie du und aus Angst nichts sagen?«

»Ich habe jedenfalls keinen Bock, wegen nix und ein paar großen Ideen meine Existenz auf's Spiel zu setzen. Sollen das doch andere machen. Und bringen tut es ja auch nix.«

»Opa ist also nix für dich? Lohnt sich nicht für einen alten Mann einzustehen, was? Sag doch auch mal was, Opa.«

Aber Karl-Heinz sagte nichts, sondern guckte die beiden nur kurz an, schwieg und wandte sich dann wieder seinen Fotoalben zu.

# 52.

In diesem Moment, zum Ende des 08. Juli 2014 und damit – um im Duktus des Relevanteren zu bleiben – bereits in der Nachspielzeit, scheint es erneut ein passender Moment, im überbordenden Strom des Erzählflusses innezuhalten.

Wir sind der Handlung durch Subplots, Rückblenden und verschiedenste Darstellungsformen gefolgt und der Berichtende hat den Strom gelenkt, soweit möglich. Dieses Lenken erscheint hierarchischer, als eine moderne Entwicklung der tradierten Ereignisse es verdient. Aber auch hier gilt, dass die Erzählung notgedrungen in der anachronistischen Form des analogen Buchs gefangen bleiben soll. Dem vorangegangenen Berichtenden stellte sich nicht zuletzt die Frage nach der Fairness und *angemessenen Sorgfalt* der Berichterstattung. Diese wurde, je nach Gusto und Gewinn, unterschiedlich bewertet, blieb aber nie gänzlich außer Betracht. Selbst wenn, ein prägendes Beispiel gebrauchend, die Frage auftrat, ob ein findiger Investigativjournalist oder wahlweise schlichter Schmierfink sich zum Krankenzimmer einer sterbenskranken oder zum Intimbereich einer attraktiven Dame widerrechtlich Zugang verschaffte, wurde zumindest der Eindruck erweckt, ein solcher Zugang habe stattgefunden. Auch das ist vorbei: Heute ist nicht einmal mehr das tatsächliche digitale Eindringen erforderlich, es genügt die schlichte Behauptung. Diese Behauptung, vielfach repliziert durch Dritte, genügt als Referenz und tritt so als alternative Realität gleichberechtigt neben das, was ehemals als nachvollziehbar oder als Wahrheit betrachtet wurde.

Hätte Yadrissi das Angebot seines Freundes Jewgeni angenommen, würde heute eine Quellenrecherche Dutzende, Hunderte oder bei genügendem Investment Abertausende Quellen zutage fördern, die gleichberechtigte Parallelgeschehnisse belegen würden. Hier wäre Karl-Heinz möglicherweise ein Widerstands- oder Freiheitskämpfer. Vielleicht würde der Suchende Quellen und Augenzeugenberichte finden, wie Karl-Heinz in aktiver Gegenwehr eine Verschwörung aufdeckte statt, wie hier beschrieben, schweigend zu bleiben. Und wer weiß, vielleicht wäre diese Realität und nicht der vorliegende Bericht die *Wahrheit*. Denn was ist diese *Wahrheit*, wenn es unzählige unterschiedliche dokumentierte Realitäten gibt? Der Leser mag sich anders an die hier beschriebenen Geschehnisse erinnern – oder auch gar nicht. Heißt das, dass sie weniger real, weniger wahr sind?

## 53.

Für Karl-Heinz waren die Ereignisse (jedenfalls im durch den hier Berichtenden gewählten und gewichteten Ablauf) wahr genug, das zu tun, was ihm unausweichlich und ohne Alternative schien und über das bereits (Siehe Kapitel 3) berichtet wurde.

Das eine Schwein, das richtige Schwein, das zu erschießen sich lohnte, wollte sich dieses Mal nicht finden lassen. So wie, zurecht bemängelt, wenig über Karl-Heinz' Gedanken oder gar Gefühle berichtet werden konnte, so wenig kann diesmal dem menschlichen Verlangen nach Versöhnung oder Reue Rechnung getragen werden. Karl-Heinz hat sich nicht und kann sich nicht mehr erklären. Es kann nichts Versöhnliches angeboten werden, was das Schlichte, das geschah, dem Leser nachvollziehbarer macht, als die bloße Beschreibung der *Tatsachen* ermöglicht.

Was bleibt, ist ein trivialer Vorgang: ein 6,1 Gramm schweres Sinter-Eisen-Projektil durchschlug mit einer Geschwindigkeit von circa 483 Metern pro Sekunde und einer Geschossenergie von 650 Joule zunächst den Schädelknochen und den Liquor cerebrospinalis eines älteren Mannes, bevor es auf seinem Weg das Hirn durchquerte und dabei zum sofortigen Exitus führte.

Hoffnung, Reue, Verantwortlichkeit erscheinen hier als überlebte Konzepte der Vergangenheit.

## 54.

Es ist wieder einmal äußerst bedauerlich, dass hier zum Ende hin so wenig Harmonie mitgeteilt und keine Hoffnung auf solche gemacht werden kann. Aber wie soll auch Hoffnung bleiben, angesichts des Fehlens jeder Harmonie und jeder Verantwortung jenseits der kleinen, allzu menschlichen Bösartigkeit. Gewiss, manche der Beteiligten haben vielleicht einen größeren Beitrag geleistet als andere und der Großteil sieht einfach weg – wie bei einem Verkehrsunfall, bei dem die Vorbeifahrenden ein kurzes Schaudern beim Anblick eines unter Tüchern verdeckten Körpers ergreift. Ein kurzer Gedanke des *Glück gehabt, dass es den anderen erwischt hat*, bevor man wieder Gas gibt und nach vorne schaut. Und wahrscheinlich ist es für jeden Einzelnen gut, einfach weiterzufahren. Was bleibt ist, auf der Fahrt nach vorne ab und an eine kleine Rast einzulegen und sich zu erinnern, was so alles geschehen ist und geschieht.

## 55.

Man könnte hier und jetzt natürlich noch über die weiteren Abläufe berichten.

Über Claudias wachsende Panik, als sie Karl-Heinz nicht mehr erreichen und seine Wohnungstür wegen eines von innen vorgeschobenen Keils nicht öffnen konnte.

Über das Bild, das sich den Beamten beim Aufbruch der Wohnung bot und das man gerne mit *friedlich* beschreiben würde, das aber laut dem verantwortlichen Tatortreiniger »echt eine fiese Sauerei« und schwer wegzumachen war.

Über die *sehr würdevolle Trauerrede*.

Über all das könnte man berichten. Vielleicht sollte man es. Aber warum? Am Ende würde all das nichts ändern. Es würde keine neuen Fragen aufwerfen und keine neuen Antworten geben. Es wäre einfach eine wohl überflüssig umfassende Beschreibung eines trivialen Endes, das bereits feststeht.

## 56.

Einige Fragen, die im Verlauf unbeantwortet geblieben sind, sollen dennoch kurz beantwortet werden:

Claudia einigte sich mit dem Anwalt von Streicher auf eine Zahlung in Höhe von insgesamt 5.750 Euro, zahlbar in monatlichen Raten á 250 Euro.

Den Vorschlag, die Namensrechte des Verstorbenen zur Vermarktung abzutreten, lehnte sie entgegen dem Rat des sie beratenden Rechtsreferendars ab.

Emma-Alice Sulkow-Geßer lebt zwischenzeitlich in polyamouröser Beziehung und berichtet darüber in launiger Kolumne im *magazin*. Ein Buch ist in Planung, ebenso wie ein multimediales Kunstprojekt unter Nutzung auch der Plattform *#handsoff*. Ein geeignetes Thema mit ausreichender Reichweite sucht sie derzeit.

Jan Schilling, der zwischenzeitlich seine Zulassung als Anwalt mit Bravour erlangt hat, hat die Kontakte, die er in den Verhandlungen für Claudia mit der Medienkanzlei *Landsberg, Wehr und Wittlich* gewinnen konnte, genutzt und ist dort zwischenzeitlich Partner geworden. Die gewonnenen Erfahrungen und Kontakte konnte er bei der Akquise mehrerer Mandanten erfolgreich einbringen und auch für Claudia gewinnbringend verwenden. Claudia Baum, die aktuell mit Schilling nicht nur beruflich, sondern auch privat verbunden ist, ist als Influencerin ebenso erfolgreich, wie mit ihrem Blog und einer neuen Socialmediaseite. Insgesamt hofft sie aktuell die Zahl von 500.000 Followern zu überspringen, die sie regelmäßig mit Bikinifotos ebenso unterhält, wie mit Neuigkeiten über verschiedenste Promis und Enthüllungen aller Art.

Die Frau von August Salbach hat ihn trotz der langjährigen Ehe und trotz ihrer schweren Krankheit verlassen.

Steve Amse erhielt 2014 den renommierten *Grimmepreis* im Bereich *Unterhaltung* für *Alles Amse* aufgrund »seiner Leistungen in der Schnittstelle zwischen Unterhaltung und Reportage unter Nutzung einer Melange moderner Informationsmittel und klassischer Unterhaltungsmittel, mit der er die tradierte Trennung zwischen den Genres für ein breites Publikum auflösen konnte«. Derzeit hält er sich für ein unbefristetes Sabbatical mit seiner Jacht in der Karibik auf, um neue kreative Konzepte zu finden.

Oberstaatsanwalt Brökkers ist zwar mit seinem Versuch, einen Ministerposten zu ergattern, gescheitert, sorgt aber weiterhin konsequent als *harter Hund* für die öffentliche Sicherheit. Zu seinem Scheitern maßgeblich beigetragen haben dürfte ein Shitstorm, den er mit einer unbedachten Äußerung über die vermeintliche Erfolgsstatistik sogenannten *Racial Profilings* ausgelöst hatte.

Alle Verfahren gegen Claudia Baum und Kemal Yadrissi wurden zwischenzeitlich eingestellt.

Die Blogs von Julius-Erich Streicher und Stefanie Richter erfreuen sich ungebrochener Medienpräsenz, ebenso wie zahlreiche den Lesern wohlbekannte neue Informations- und Unterhaltungsformate. So ist beispielsweise geplant die Datingshow, in der unter anderem die unbekleidete Schauspielerin einen attraktiven Mann kennenlernte, als sogenannte *Promi-Special-Ausgabe* fortzusetzen. Ob Kemal Yadrissi an dieser teilnehmen wird, hat sein Management noch nicht abschließend bekannt gegeben.

r.trueffelhatz ist weiterhin auf der Jagd nach originellen, vermarktbaren Themen und freut sich über jeden Vorschlag, den er im Erfolgsfall mit einer Prämie von bis zu 500 Euro vergütet.

# Zwischendurch

Wir sind am Ende dieses Berichts angekommen, doch nicht am Ende der Geschichte oder der Geschehnisse, die zu ihr geführt und sie ermöglicht haben. So wie eine Kette von trivialen Ereignissen – die zwar Großteils in keinerlei beweisbarem Zusammenhang zum Tod Karl-Heinz Baums und zu den Handlungen, die zu ihm führten, stehen, ihm aber doch in ungebrochener Kontinuität vorangegangen sind – dem Bericht in Auszügen vorangestellt worden sind, so werden andere triviale Ereignisse ihm in ungebrochener Kontinuität nachfolgen. Das erscheint so sicher, wie die Tatsache, dass sich Zeiten und Mittel ändern mögen, der Mensch jedoch im tiefsten Wesen immer der Mensch bleiben wird.

Alles also wie immer und allen: Gute Unterhaltung!